柳暗花明

(小小说集)

戴希 著

群众出版社

图书在版编目（CIP）数据

柳暗花明 / 戴希著. —北京：群众出版社，2021.12
ISBN 978-7-5014-6186-8

Ⅰ.①柳… Ⅱ.①戴… Ⅲ.①小小说—小说集—中国—当代 Ⅳ.①I247.82

中国版本图书馆 CIP 数据核字（2021）第 237152 号

柳暗花明

戴希 著

出版发行：群众出版社
地　　址：北京市丰台区方庄芳星园三区 15 号楼
邮政编码：100078
经　　销：新华书店
印　　刷：天津嘉恒印务有限公司
版　　次：2021 年 12 月第 1 版
印　　次：2021 年 12 月第 1 次
印　　张：7
开　　本：880 毫米×1230 毫米　1/32
字　　数：170 千字
书　　号：ISBN 978-7-5014-6186-8
定　　价：37.00 元
网　　址：www.qzcbs.com
电子邮箱：qzcbs@sohu.com

营销中心电话：010-83903991
读者服务部电话（门市）：010-83903257
警官读者俱乐部电话（网购、邮购）：010-83901775
啄木鸟杂志社电话：010-83901312

本社图书出现印装质量问题，由本社负责退换
版权所有　侵权必究

序一

"烟火气"与"正能量"
——简评戴希小小说集《柳暗花明》的创作特色

白庚胜*

近二三十年来,借助互联网和网络文学,小小说发展甚为迅猛,诞生了大量优秀的作家作品,已经成为当今文坛不可忽视的力量。

戴希是中国小小说的代表作家之一,从事小小说创作近三十年,创作了一批优秀的小小说作品。这本《柳暗花明》主要是他近几年小小说创作的结集,其作品能深入生活,描绘老百姓恋爱、婚姻、工作、养老等诸多层面的现实状况与所思所想,既展现了当今时代的"烟火气",又处处散发着文学作品不可或缺的"正能量"。

烟火气是一种创作态度。传统文学创作注重凝练、沉淀,一个题材往往经过很长时间的酝酿和提炼。小小说创作则更注重原生态,注重速度。二者好比工笔画和素描的差别。所以,与传统文学观相比,在互联网时代快速成长起来的小小说往往淡化了文学的精英意识,而具有更多的娱乐性、世俗性。现在的小小说界有很多系列小说,比如反腐系列、

---

* 第十三届全国政协常务委员,中国作家协会副主席。

地方文化系列，很为大众所喜爱，其中最重要的一点也在于其娱乐性和世俗性。世俗生活、人情百态是小小说写作的主要内容，也是小小说独具特色的烟火气。在小小说界，每个作家的烟火气都不一样，其高度尤有差别。

戴希作品的烟火气有一种生命的高度。他喜欢从老百姓视角出发，写原生态的生活，不修饰、不掩饰，也不提炼高大上的道德教条，但在这种略显粗糙的原生态生活中，有一种属于我们这个时代的生命高度。集子中《柳暗花明》这篇小小说以新冠肺炎疫情为背景，护士铁柔一方面要去抗疫，一方面父亲又病重。作者在描绘铁柔出征时，没有着力刻画铁柔的艰难决绝或者大义凛然，而是三言两语就交代过去了。这种写法是真实的老百姓视角。在老百姓的原生态生活里，大多数人都非常质朴，当国家遭遇危难之际，他们没有多少高大上的情怀，就是国家让咱干啥咱干啥，对国家和领袖绝对信任，所以铁柔的出征无须拖泥带水。而在艰难时刻，老百姓的凝聚力也超乎寻常的强大。铁柔出征之后，单位领导和同事主动照顾其病重的父亲，尤其小说中的唐小曼，原本与铁柔在恋爱、工作上均有些许旧恨，但此时此刻却放下昔日嫌隙，竭尽所能地去照顾铁柔病重的父亲。这也并不虚伪，相反非常有生活温度，有烟火气。事实上，今年年初的这场疫情，不仅将医生变成了战士，同时还深深地影响了老百姓的生活认知。留守在后方的老百姓，在抗疫情绪的感染下，很多人跨越平日的心理栅栏，以自己最初的良知为抗疫尽一份力量。所以，唐小曼对铁柔父亲的这种照顾，既是对国家抗疫工作的默默支持，也是最真实的一种人性。不过，这种温情和人性，没有经历过疫情硝烟的人很难体会到。

老百姓的生活哲学都比较简单，但这种简单并不妨碍他们成为一个高尚的人。戴希长期在地方政府部门工作，能接触到大量老百姓生活的写作素材，对老百姓的生活原则了如指掌，他的很多作品都比较真实地反映了老百姓的精神状态，同时也看到了老百姓的生命气度!《其实很简单》中见义勇为的小伙儿，本是非常胆小之人，在抢劫发生现场，那么多人冷漠围观，他居然冒着生命危险冲上去，其理由很简单——只是为了不在自己儿子面前做孬种。父亲的尊严让他成了一个见义勇为的英雄。这就是我们这个时代老百姓的真实精神和生命气度，没有义薄云天的侠情，但依然可以是一个勇敢的人、一个好人。《一包烟蒂》中男主人公海烟，烟瘾极大，偶然发现妻子骆英藏有一包烟蒂，而且是偷偷收集的前心仪对象的烟蒂。当妻子大方地将这包烟蒂还给那个男人后，海烟也彻底戒了烟。小说写出了现代婚姻在遭遇危机时的一种"识相"，这种"识相"中没有荡气回肠的爱情故事，只有一对普通夫妻对婚姻的珍惜。这些都是老百姓的真实生活形态，不是高大上的英雄事迹，但有满满的人间生活的烟火气。

戴希作品烟火气的基础是人性，是慈悲。张爱玲有一句名言：因为懂得，所以慈悲。老百姓的原生态生活中有最珍贵的懂得和慈悲。《一串佛珠》中的海力为了要回以前送给"我"的礼物——一串已经升值的佛珠，费心编了一个曲折的情感事件。两人的友情在一串佛珠面前变得尴尬。小说讽刺了拜金主义思想，但态度是温和的。古人云，"天下熙熙，皆为利来；天下攘攘，皆为利往"，但也说"君子爱财，取之有道"。小说中，佛珠最后安然物归原主，这有一种老百姓的生活智慧。无意中收取了朋友价值百万的礼物，未免人情太重，换位思考，也许物归原主是最好的选择。《举报》中的老人廖鱼普空巢独居，十分孤独，邻居家的欢声笑语强烈地刺激了他，为了赶走邻居，他竟然恶意举报邻居吸毒制毒。警察调查清楚事实后，没有站在法律的角度去苛责，而是从人性关怀出发，联系老人的子女。这是世俗生活的温度。每一个年轻人都终将老去，每一对恩爱的夫妻都终将分离。对待衰老，要有敬畏之心，这是慈悲。《因为母亲》中的杀人犯杀人不眨眼，身上沾满十四个无辜生命的鲜血，但因不想在母亲面前杀人，他放下手枪，乖乖就擒。残忍之人，也会有一个人让他心生不忍，这是人性。

现在，整个社会都在倡导正能量。作为文学作品，传播正能量是其应有的社会责任担当。戴希的写作视野比较宽广，古今中外，无一不可成小小说。不管是对老百姓原生态生活的抒写，还是对国家热点话题的关注，其作品传达出来的都是一缕缕的正能量，体现了对国家安全、社会发展等诸多问题的深度思考。尤其对人性良知的重视，与中国古代哲学相通，对当下社会的人格教育有积极作用。

他传播正能量的方式很多，比较常用的手段是通过故事内容启人深思。比如《鹿战》，借古代诸侯争霸故事来思考国家的粮食安全问题。齐楚两国争霸，齐国大臣仲渊献策，以高价收鹿为计，扰乱楚国的经济基础。楚人奔走捕鹿，甚至废粮田、种草养鹿，以致粮库亏空，最终被齐国打败。这个故事有深刻的现实意义。大范围地弃农从商，并不值得鼓励，对于国家而言，粮食安全是至关重要的事情。以此类推，实体经济也是至关重要的事情。再比如《儿女》这篇小小说，关注的是当今社会日益严重的养老问题。养儿防老是我们国家的传统，但在当前社会，这一养老模式受到很多方面的限制。小说中，痛失老伴儿的老太太一人独居，女儿给她买了一个养老机器人。机器人照顾老人无微不至，非常有爱心。在长期的相处中，老人和机器人成了真正的亲人。老人为自己拖累机器人而不安，而机器人在老太太去世后也非常悲痛，自毁电池自杀。机器人养老是社会前沿话题，但此中所关联的伦理问题又让人汗颜。小说结尾安排机器人自杀，这种超现实的笔法，是作者给所有作为儿女的读者留下的一份思考。

在传播正能量的过程中，戴希最注重感化、注重救赎的力量。他也喜欢写历史题材的小小说，其中《特别赏赐》和《死亡之约》都是写唐太宗治国之事。《特别赏赐》写唐太宗巧治叔岳父长孙顺德贪污。叔岳父贪污，惩治难度自然较大，但不治又不行。为此，唐太宗想出"特别赏赐"之计，将长孙顺德贪污绢绸归结为自己没有赏赐他，于是特别赏赐五十匹绢绸，让长孙顺德当着文武百官之面，屈尊弯腰，将五十匹绢绸的赏赐背回家。人问其故，唐太宗说："只要长孙顺德还有人性、良心未泯，那么，朕在众目睽睽之下加倍赏赐绢绸给他的羞辱，是不是会比判他下狱伏法更剜心？"事实果如唐太宗所料，长孙顺德深感羞愧，特别沮丧。《死亡之约》写唐太宗与死囚盟约之事。死囚们的临刑心愿是想回家看亲人。唐太宗心生哀悯，遂与死囚盟约，准其回家看望父母妻儿，但一年之后须准时返回伏法。这是一场赌博，唐太宗赌的是死囚的良知。一年之后，这些囚犯如约返回，唐太宗大为感动，赦免其罪。在这两篇小说中，唐太宗是正能量的代表，代表反腐的力量，对手在与他的博弈中也汲取他的正能量，最终变成了正能量的一方。长孙顺德后来把泽州治理得非常好，死囚后来参加卫国战争，为国捐躯。知恩图报、皆大欢喜或壮烈殉国，这是中国人喜欢的结局，也是我们根深蒂固的文化血脉。在我们的传统文化里，治国讲究"怀柔远人"，讲究"修文德以来之"，这是我们的文化基因。

感化、救赎的基础是良知。明代王守仁讲究"致知格物"，"致知"是"致良知"，"格物"就是"正物"，将我心的"良知"扩充、推广、贯彻到事事中去，以使事事物物归于正，使事事物物与我心的"良知"相符合。通过"良知"完成人的道德自我完善，完成人对社会的责任。在戴希的很多小小说中，良知是推动情节发展的关键因素，比如《这个故事我不写不快》。唐亚琼与母亲遭遇劫匪，当母亲了解到劫匪不过是底层工人，因被黑心老板恶意拖欠薪水无法回家过年后，就把刚从亲戚家借来的医疗费"借"给他们。但是，母亲要让劫匪写借条。母亲的理由是什么呢？她说："如果他们存良心，有钱了肯定会还钱；如果他们没良心，咱们也算仁至义尽。"母亲凭着自己一刹那的良知，想要救赎两个不得已的劫匪，同时也深深考验着这两个劫匪的良知。小说末尾，母亲收到了来自两个劫匪的汇款。母亲的良知完成了一次社会救赎，劫匪的良知完成了自己的道德救赎。

对良知的重视，是一种很好的人格教育，能对社会发展起到积极作用。不仅中国古代圣贤这样认为，而且国外也有这样的学术观点。著名的神经学家、心理学家维克多·弗兰克尔就在他的学说中提出，"良知是人的无意识的一部分，是人存在的核心和完整人格的来源"。所以，他特别重视良知的作用，认为良知是人的本能，是在任何情境中都不会被削减的部分。无论外部环境如何影响我们，最终决定我们选择的往往是我们的良知。在上述小小说作品中，无论是《柳暗花明》中的唐小曼、《其实很简单》中的小伙儿、《一包烟蒂》中的夫妻，还是《特别赏赐》中的长孙顺德、《死亡之约》中的死囚、《这个故事我不写不快》中的母亲与劫匪，他们的选择，都是某一刹那内心深处的良知起了重要作用。戴希对良知的重视，折射出他不同流俗的审美取向。

总之，戴希的小小说创作既有生活温度，也有政治高度和人性深度，表现出了一个优秀作家的社会责任感和人文关怀精神。尤其是他以坚定的写作立场，比较真实地再现了我们这个时代老百姓的精神面貌与情绪世界，形成了极具个人特色的文学品格。

（原载于 2020 年 11 月 6 日《文艺报》）

序二

伟大时代的吉光片羽

邱华栋*

　　戴希是耕耘文坛数十年、卓有成就的小小说作家，创作丰富，作品富有生活气息，善于从略带幽默的细节中管窥世事人情，反映人性善恶，体现当代普通人的性格与生活。这本名为《柳暗花明》的集子，是他小小说作品的精选，其特色韵味，也体现最足。

　　习近平总书记强调，优秀的文学作品要记录新时代、书写新时代、讴歌新时代。作为文学的轻骑兵，小小说既有文学性，又有新闻性，社会上发生的最新事件、出现的最新人物、展现的最新精神，小小说都可以及时形象深刻地用文学、用小说的形式表现出来。2020年春，一场突如其来的新冠肺炎疫情袭击全球，武汉成为重灾区。白衣执甲，全国各地医护工作者不顾个人安危驰援武汉，他们的家人、朋友给予了义无反顾的支持，事迹同样感人至深，电视、报纸等新闻媒体多有报道。广大小小说作家贯彻落实习总书记关于新时代文学的要求，创作了大量取材

---

* 当代实力派作家，中国作家协会主席团委员、书记处书记。曾任《青年文学》杂志执行主编、《人民文学》杂志副主编、鲁迅文学院常务副院长。

于抗疫斗争的精品佳作。这个集子中,就有《追逃》和作为作品集书名的《柳暗花明》。其中,《追逃》直接选用新闻报道过的真实事件,但源于生活、高于生活,细节生动、心理活动细致地描绘出犯罪嫌疑人无处可逃的窘境和绝望,更从一个侧面反映出疫情防控人民战争的彻底和有效。《柳暗花明》里,一对因职务晋升和个人感情产生误会的护士好姐妹铁柔和唐小曼,在疫情到来时,铁柔毅然放下患脑梗住院的父亲,驰援湖北。唐小曼不计前嫌,和丈夫一起照顾铁父至康复出院,两人也因此冰释前嫌。为国为民的大爱战胜个人恩怨,体现了"90后"一代人的家国情怀。

  作为小小说作家,同时也是湖南省常德市武陵区文联主席的戴希,工作在文学组织、文化事业发展第一线,也亲历了许多其他方面的工作,为创作积累了丰富的素材。脱贫攻坚是全面建成小康社会、实现第一个百年奋斗目标的重要举措,反映脱贫攻坚的优秀作品,近期集中涌现,选题多集中于第一书记等扶贫干部在乡村帮助建档立卡贫困户的感人事迹。戴希的《自动扶贫》却别出心裁,把目光投向了高校。大学生黄鹤林收到校园一卡通管理中心让他去领三百六十元生活补助的通知,但他从未申请过困难补助,心怀疑惑,以为遇到了骗子。后来得知,校园一卡通自动记录学生消费情况,每月花销少于二百元的学生,学校主动给予生活补助。短短的篇幅,却大大地拓展了扶贫题材领域,不仅把关注点由农村延伸到城市,而且将科技因素引入扶贫题材,同时提醒大家关注城市贫困人口。而勤俭节约、不等不靠不要的黄鹤林,也代表了自立自强的新时代大学生形象。

  酸甜苦辣,是生活的本色,也是幸福生活的本来面目。戴希关注表现最多的还是普通人,特别是城市普通居民的普通生活。鲁迅说"自有《红楼梦》出来以后,传统的思想和写法都打破了",《红楼梦》第一回,是一篇新的文学观念的宣言,在中国文学理论发展史上占有里程碑式的地位。其中有言,"并无大贤大忠理朝廷治风俗的善政,其中只不过几个异样女子,或情或痴,或小才微善,亦无班姑蔡女之德能"。戴希作品中的人物,也大多属于此类。开卷第二篇《其实很简单》中,一位奋不顾身、勇斗歹徒的英雄市民,在接受记者采访时没有豪言壮语,却说出了让人意外的话:"当时,我儿子憋不住拽了一下我的手说:'爸,抓歹徒、抓歹徒呀!'我的儿子才六岁,还是稚气未脱的小毛孩儿,我堂堂一个大男人,总不能在他面前装孬种,让他都瞧不起吧?"记者一愣:"就这一点?""对,就这一点!"在儿子、亲人面前的责任感和荣誉感,让这个单位里平时最胆小怕事的人变成了英雄。所谓家国情怀,其深层内涵也就如此。不仅有国才有家,同样也是有家才有国,把对亲人的特殊责任负到位了,必然会拓展到对于他人和社会的普遍责任。

作品集开篇之作是《每个人都幸福》,取材于一群在特殊教育学校的残疾孩子,孩子们各有不同残疾,于是各有弥补自己残疾使生活变得幸福的期望。老师启发大家,如果同学们相互帮助、团结友爱,形成一个整体,就可以克服各自的缺陷,构成共同的、大的幸福,在大幸福的关照下,每个人都幸福。小说看似浪漫,甚至有些"心灵鸡汤",其实充满哲思。每个人的生活就个体、家庭而言,有这样那样的欠缺和不满,"家家有本难念的经",但我们共同构筑起这个伟大的时代和强大的国家,享受着共同的幸福。

中国从来没有像今天这样接近实现中华民族伟大复兴的梦想,从来没有像今天这样接近世界舞台的中央,中华民族之所以在世界文明古国中唯一延续到今,历代志士先贤作出了重要贡献。伟大复兴,就是要慎终追远,发扬汉唐盛世的光荣。戴希对盛唐历史情有独钟,也把它化作小小说创作的素材。这本集子中收录的《特别赏赐》《死亡之约》《鹞鹰之死》,从反贪、仁政、监督三个角度,具体而深刻地抉发出贞观之治的要义，为民族精神引吭高歌。

中国特色社会主义新时代，是政治、经济、社会、文化、生态文明高质量发展的时代。全党全军全国人民紧密团结在以习近平同志为核心的党中央周围，为实现两个一百年奋斗目标，建设富强、民主、文明、和谐、美丽的社会主义现代化强国而奋斗的生动实践，是文学艺术包括小小说取之不尽、用之不竭的源泉。作为以记录新时代、书写新时代、讴歌新时代为自觉责任和使命的作家队伍中的一员，衷心希望并坚信戴希百尺竿头，更进一步，创作出更多思想性、艺术性俱佳的精品力作，把最好的精神食粮奉献给时代和人民，推进小小说事业繁荣发展，不断创造柳暗花明的一村又一村。

（原载于 2021 年 3 月 25 日《文学报》）

序三

日常生活中的笑与泪

李晓东*

戴希读大学时所学的专业是卫生计划统计,毕业后曾一度在医院工作。因其执着于微小说(小小说)创作,成绩越来越明显,而被调入文化单位。在中国新文学史上,"弃医从文"是一种现象,或曰美谈。现代中国作家中,最著名的是鲁迅和郭沫若,以及郁达夫,当代则有毕淑敏、冯唐等,戴希大约也属此列。

与戴希相识,是我到《小说选刊》杂志社工作后。《小说选刊》与湖南省常德市武陵区(就是陶渊明《桃花源记》开篇"晋太元中,武陵人捕鱼为业"的"武陵",所以常德被称为"桃花源里的城市",下属有桃源县、武陵区等)合作开办"善德武陵杯·全国微小说精品"栏目,并支持武陵区举办"武陵国际微小说节"。长相和表情与著名笑星大兵有几分相像的戴希,永远是一副微笑的面孔,镜片后一双眼睛微眯着,讲话腔调含义丰富,可以同时读出热情、认真、亲切、无奈等,

---

* 文学博士,副编审,中国作家协会社联部副主任。曾任《小说选刊》杂志副主编、中国作协办公厅秘书处处长。研究方向为明清白话小说、中国现代戏剧、新时期文学。

而又相辅相成、互不矛盾。他为人谦逊真诚、工作不温不火，有担当、有韧性，而绝不任性。

经过多年努力，在常德市委市政府、武陵区委区政府领导支持下，武陵国际微小说节已成为中国乃至世界华文文学领域最为重要的微小说节会。每年都有来自中国大陆各地、港澳台地区，以及美国、加拿大、日本、韩国、德国、瑞士、印度尼西亚、新西兰、捷克、新加坡等国的微小说作家、专家与学者，齐聚穿紫河畔、柳叶湖边，做一回"桃花源中人"，颁领"善德武陵杯·全国微小说精品"奖，召开年度微小说高峰论坛，领略武陵区、常德市日新月异的发展成就和"黄发垂髫，怡然自乐"的美好生活。武陵区还设立了中国微型小说（小小说）创作基地、《小说选刊》创作基地，正在投资建设专门的中国微小说、微电影创作基地。如今，微小说已和桃花源一样，成为常德市文化建设的亮丽名片，成为武陵区城市发展的重要抓手。戴希作为活动的具体策划与组织者，担负了繁重的事务，付出了巨量的心血，也经历了心情的起伏，有成功的喜悦，也包含着不易的泪水。笑与泪，构成了戴希从事微小说事业的主体表情。

与业务工作相伴随的，是戴希的微小说创作。可以说，戴希首先是一位优秀的微小说作家，然后才有机会为此项事业投入巨大的心血。和工作体味一样，"笑中有泪、泪中带笑"的"含泪的幽默"，同样是戴希微小说的特色。这本《柳暗花明》，是戴希微小说作品的精选，风格体现较为典型。

"楚虽三户，亡秦必楚。"湖南乃举大义、成大事的地方，英雄辈出，豪杰蜂起。但同时，又非常重视生活。"芒果台"湖南卫视，多年来引领时尚生活之潮流，使湖南电视大厦和岳麓书院、橘子洲头一样，成为长沙的标志性景点。因此，湖南作家中既有唐浩明、王跃文写历史风云、名臣铁相、官场沉浮，也有戴希这样，把目光和情感关注凡人小事、日常生活,以微小说写小事情、小人物,却令读者情感共鸣,哲理深思,余韵绵长。

中国人讲究"天理人伦",人伦是天理的基础,也是为人之本。戴希的微小说,相当一部分正是取材于亲情。因不愿让母亲看到自己的凶残,身背十四条人命、杀人不眨眼的悍匪放弃顽抗,束手就擒(《因为母亲》);春节将至,父亲从外地赶来,想看一眼忙着坐诊的儿子,为了遵守出诊时间不会客的规定,父亲挂号后,排了一上午队,一见面,就先给儿子递上矿泉水(《挂号》);为了不让六岁的儿子失望,向来胆小怕事的男人成了勇斗歹徒的英雄(《其实很简单》)……

孝,乃人伦之基。"善德武陵"的核心价值,就是德、孝、廉。私德重孝,公德崇廉,是武陵区精神文明建设的重要依托,也是戴希微小说所着力弘扬的。这本集子中的《儿女》,就写了儿子为老人尽孝。小儿子已百般孝顺,母亲却无论如何不满意,让人感觉不可理喻。从后文才知道,这小儿子是机器人,不是老人的亲生儿子。但就这机器儿子,在老人去世后悲痛不已,自毁电脑程序、取出高能电池,随老人而去。与机器儿子相对照的,老人的亲生儿子、女儿,都事业有成,却直到父母去世,都没有来看一眼。孟子说,"人之异于禽兽者几希""无君无父,乃禽兽也"。对父母不孝,丧失人伦,连没有灵魂的机器人都不如,枉为人子啊。小说虽然一句直接的评论也没有,褒贬却尽在文中。

人伦之大者,父子、兄弟、夫妇。家庭乃社会的细胞,夫妻关系是家庭的结构基础,尤其是如今的"小家庭"。爱情是浪漫的,婚姻却是现实的。作为洞察力超强的小说家,戴希笔下的夫妻,同样有笑有泪。灰娃和金克木夫妇常常生气,一生气,妻子灰娃就砸东西,锅碗瓢盆全砸碎,直到有一次花费两千多元重买全套家什,才感到真正心疼。再生气,也不对生活用品施暴了(《双赢》)。作品篇幅不长,画面感却很强,把一对各有性格的农村年轻夫妇的动作、行为、情态,尤其是心理,刻画得惟妙惟肖。微小说作为文学的轻骑兵,有时也如杂文在散文家庭中的作用一样,带有匕首和投枪、解剖刀和显微镜的功能,把生活的脉络、真相一一显现出来,不似心灵鸡汤般矫情虚饰。这正是微小说与小故事的本质区别。

居家则孝,为政则廉,才能建成桃花源。多次去武陵,当地领导干部亲民、务实、自律的作风,让我印象深刻。我在多个党政机关有过工作经历,以我之经验,依然感觉为政作风如此,很值得珍惜。戴希曾有把历史典故"取其一点,敷衍成篇",旧事新说、以古鉴今,写一组历史题材微小说的创作构想。而立意选材的角度,则在于廉,这本集子中收录了数篇。《鹿战》一文,写的是齐楚争霸,齐国高价收购楚鹿,楚国从国王、大臣起,为获利纷纷弃农养鹿,结果粮食无收。这时,齐不再购鹿而楚已无粮,只得败于齐国。小说有寓言气息,意旨亦明确,即只顾眼前小利,而忘记根本,终究要承担严重后果。《鹞鹰之死》和《特别赏赐》,讲述唐太宗之事,都含着幽默,让人忍俊不禁。前篇唐太宗玩鹰而魏征进谏,帝藏鹰于怀,而臣不离去,直至鹰窒息而死。后篇长孙皇后的叔父受贿二十匹绢绸,唐太宗不但不惩,还再赏他五十匹,条件是让他自己背回家去,结果可想而知。贞观之治之所以千古典范,不玩物丧志、不贪污受贿,无疑为其根本也。果然,下一篇《死亡之约》,重述了著名的唐太宗放死囚回家过年,来年秋天死囚们自己回来领死的故事。四篇历史题材微小说连读可悟,唯有为君者勤政、为臣者不贪,君主从善如流、忠良直言敢谏,才可得海晏河清,才可实现"修文德以来之"的王道理想。

善德武陵,善、德并举,德举孝廉,善则更包容更宽,人之善、物之善、情之善,武陵人"一一为具言所闻",取得多方面实际成效。比如在武陵城区,看不到一处道路隔离栏,因为遵守交通规则已成市民自觉行为,"隔离栏在心里"。而戴希的微小说,也以仁柔之心,叙小才微善,直指人心。《每个人都幸福》,叙写有不同身体障碍的孩子,在老师的引导下,认识到相互帮助弥补,就能得到幸福。《啊,太阳》讲的是,为了让化疗后的同学回到班上不感觉自卑,全班男女同学都自觉剃了光头。联想到支援武汉抗击新型冠状病毒的年轻医生护士剃光头、剪长发,冲击力格外强劲,每个光头,都是明媚的太阳,着实感人。

生态文明、善及万物。《发现》写一对夫妇错怪了家养的贵宾犬,知道真相后,"妻的眼角不知怎么有了泪。我笑,眼里也有泪光闪烁"。《你看你看这蜂鸟》,则将主人公直接赋予南美丛林这全世界体型最小的蜂鸟,写了被人类欺骗之后蜂鸟的报复。万物有灵,不可欺生啊!

戴希在微小说领域耕耘多年,集子中不少作品在发表时即产生不小影响,被多次转载、收录,获得多种奖项。《每个人都很幸福》就转载、收录了十五次。具体为:原载《中国铁路文艺》2009 年第 7 期,转载于《小说选刊》2009 年第 9 期、《教师博览》2009 年第 12 期、《小小说选刊》2009 年第 18 期、《作文成功之路(下)》2010 年第 6 期、《优秀作文选评(小学版)》2010 年第 9 期、《新语文学习(小学高年级)》2011 年第 5 期,入选《2009 中国年度小小说》《2009 年中国小小说精选》《2009 中国微型小说年选》《中学生创新阅读·2009 年名家励志故事排行榜》《草是风的一面旗帜·校园小说白金版》《21 世纪中国最佳小小说 2000—2011》《中外经典微型小说大系》以及"冰心奖获奖作家精品书系"之《爱的冬天不会有寒冷》。我之所以把这段介绍摘录在这里,是想告诉大家,好的小说,无论长篇、中篇、短篇,还是微小说,都可以广为流传、众口称赞。

幽默是智慧的化身,读戴希的微小说,常常会心于渗透在作品中的淡淡的幽默感，也很有些"烧脑"的感觉，不少都仿佛智力测验题或脑筋急转弯。在生活工作中，他幽默而真诚、随和而沉稳、忍耐而坚持，从他的作品里，我们发现了智慧、善良、道德，被感动、浸染、陶冶，而这，也是常德文化、武陵文化的精髓。

［原载于 2020 年 3 月 30 日《文艺报》（发表时的题目为《善德精神的文学窗口》）、《湖南文学》2020 年第 5 期］

目录

001 / 每个人都幸福
004 / 其实很简单
007 / 一包烟蒂
010 / 一串佛珠
013 / 特别赏赐
017 / 死亡之约
021 / 订婚
024 / 挂号
027 / 债
030 / 骨灰盒为什么响动
034 / 里程碑
037 / 举报
040 / 犯点儿傻
043 / 双赢
046 / 记得那时
049 / 男人的心
052 / 只想大哭一场
056 / 因为母亲
059 / 装修
062 / 父亲

柳暗花明

065 / 祝你生日快乐
069 / 那天夜里
072 / 特殊警务
075 / 啊，太阳
078 / 红色收藏
082 / 扶贫问题
084 / 新新乞丐
087 / 抢劫
091 / 笑
093 / 春风化雨
096 / 两记响亮的耳光
099 / 自动扶贫
102 / 这个故事我不写不快
105 / 力量
107 / 鹿战
110 / 归去来兮
113 / 租房
116 / 机密
119 / 高人
123 / 发现
127 / 脸面
130 / 你看你看这蜂鸟

目录

133 / 安心

136 / 一堂解剖课

139 / 爱情故事

142 / 金花三弄

144 / 开道

147 / 小宝

151 / 贼

153 / 那时

155 / 宰相申鸣

157 / 公主的新衣

160 / 这个老爷子

164 / 妻不在家

167 / 视野

171 / 体态

174 / 命运

178 / 鹞鹰之死

181 / 穿袜还是戴帽

184 / 新孝顺时代

187 / 画家与商人

190 / 追逃

193 / 柳暗花明

196 / 儿女

每个人都幸福

苏浅老师教的是一群有先天性残疾的孩子。他们都喜欢苏老师，乐意找苏老师交心。

"苏老师，我真的不幸福！"一天，孙方杰突然对苏老师说。孙方杰是个双目失明的男孩。苏老师一惊："你为什么这样想？""因为我看不见花草鸟虫，看不见蓝天白云，看不见真诚友好的笑脸，我——什么都看不见啊！"孙方杰的脸在抽搐。"哦，我晓得了！"苏老师拍拍孙方杰的背。

又一天，许敏冷不丁地对苏老师说："苏老师，我太不幸福了！"许敏是个双耳失聪的女孩。苏老师一愣，很快在纸上写道："你为什么不幸福？""因为我听不到风声雨声，听不到歌声琴声，听不到亲切悦耳的赞美，我——什么都听不到啊！"看过苏老师的问话，许敏回答。一串热泪无声无息，滴落在纸上。"哦，我清楚了！"苏老师拉拉许敏的手。

"苏老师，我感觉不幸福！"没过几天，余笑忠又对苏老师说。余笑忠是个双腿残疾、坐在轮椅上的男孩。苏老师温和地看着余笑忠说："告诉我这是为什么？""因为我不能翻越高山，不能横穿沙漠，不能自由行走，我——哪儿都去不了啊！"余笑忠声音颤抖。"哦，我明白了！"苏老师摸摸余笑忠的头。

几日后，李南打着手势告诉苏老师："苏老师，我很不幸福呢！"李南是个哑巴女孩。苏老师爱怜地望着李南,也打着手势反问:"你为什么感觉这样?"李南又痛苦地打着手势:"因为我不能说话,不能唱歌,不能讲故事,我——不能用嘴表达心声啊!""哦,我知道了!"苏老师亲亲李南的脸。

……

越来越多的孩子向苏老师诉说自己不幸福,让苏老师心里越来越不安、越来越沉重。"不能让孩子们悲观、沮丧,不能啊!"苏老师急了。"可怎样才能让这些如花的孩子乐观、振作起来,让他们笑对人生、积极进取呢?"苏老师茶饭不思地冥想着。

苦思多日,苏老师的脸才由阴转晴。她迫不及待地把孩子们招拢来,让他们坐在讲台下。

苏老师首先问孙方杰并在黑板上写道:"孙方杰,你要怎样才幸福?""能睁眼看世界呀!"孙方杰脱口而出。"就这一点?""对,就这一点!""嗯,好!"苏老师点点头,还把他们的对话写在黑板上。

接着,苏老师问许敏并在黑板上写道:"许敏,你要怎样才幸福?"许敏不假思索地说:"能耳听八方就幸福了!""就这一点?""对,就这一点!""嗯,好!"苏老师又点头,也把他们的对话写在黑板上。

然后,苏老师问余笑忠并在黑板上写道:"余笑忠,你要怎样才幸福?"余笑忠立马回答:"能自由行走就幸福了!""就这一点?""对,就这一点!""嗯,好!"苏老师点点头,又把他们的对话写在黑板上。

再后,苏老师打着手势问李南并在黑板上写道:"李南,你要怎样才幸福?"李南激动地打着手势回答:"能开口说话就幸福了!""就这一点?"苏老师打着手势追问。"对,就这一点!"李南又打着手势回答。"嗯,好!"苏老师还是点头,同样在黑板上写下他们的对话。

……

孩子们聚精会神地听呀、看呀,兴致勃勃地和苏老师进行沟通。他们猜不到，苏老师的酒葫芦里到底装的什么药。苏老师呢，也一直满面春风、不厌其烦地询问着、试探着。

"孩子们，"当最后一个孩子大胆地吐露了自己的幸福观后，苏老师亮开嗓子、噙着泪花说，"知道吗？你们每个人只有一点不幸福，却有许多意想不到而又弥足珍贵的幸福。比如李南吧，不能开口说话是她的不幸，但她能看、能听、能走……这些，都是其他孩子苦苦追求的幸福呀！换句话说，你们每个人的幸福都比不幸多得多！是不是——"苏老师下意识地停了停，充满深情地感叹道，"每个人都幸福！"她把这句启示用红粉笔端正醒目地写在黑板的正中央。

仿佛有把神奇的钥匙，打开了孩子们阴郁的心扉。他们豁然开朗的面颊上，慢慢绽放出一朵朵晶莹的泪花，如同含着晨露的花苞，在暖风的吹拂下悄悄绽放。

（原载于《中国铁路文艺》2009年第7期，转载于《小说选刊》2009年第9期，入选《21世纪中国最佳小小说2000—2011》）

其实很简单

光天化日下,一个歹徒正在抢劫,旁若无人;被抢的女人拼命抱紧自己的坤包,死活不放。

"抓强盗、抓强盗啊!"女人几乎在歇斯底里地叫喊。

大街上人来人往。有的视而不见,有的驻足远观,有的且看且退。谁也不敢制止歹徒行劫。不仅不敢制止,连呵斥一声的举动也没有;不仅不敢呵斥,就是悄悄用手机报个警也无人肯试。

沉默。好一阵可怕的沉默。

沉默过后,有个戴着眼镜、文弱书生似的小伙儿忽然一声怒吼,像狼一般冲向歹徒。

歹徒大惊,立即掏出一把尖刀,目眦尽裂地瞪着小伙儿:"狗咬耗子是吧?再不识趣老子捅了你!"

小伙儿愣怔一下,仍然像狼一般猛扑上去。

很快,小伙儿摇摇晃晃,蹲了下去。但片刻,又咬紧牙关站立起来。虽然被锋利的尖刀刺中下腹,但小伙儿强忍剧痛,没有倒下。他一手紧紧抓住刀柄,不让尖刀深入;一手像钳子,死死钳住歹徒的手腕不放。

女人趁机挣脱,嗷嗷大叫,挥拳砸向歹徒。

歹徒的脸红一阵白一阵,一时不知所措。

众人被小伙儿的英雄壮举深深感染，群情激愤，一窝蜂地射向歹徒，七手八脚，将歹徒摁倒在地。

有人赶紧掏出手机报警。

警车风驰电掣般地赶到。

警察怒不可遏，给歹徒戴上了冰冷的手铐。

人们小心扶住小伙儿，请求用警车送小伙儿去医院。

"儿子，我的儿子！"听到小伙儿吃力的呻吟，人们才发现小伙儿的身旁还站着个小男孩儿。小男孩儿五六岁的样子，被刚才惊心动魄的一幕吓呆了。

警车一路鸣笛，将小伙儿送到医院。

幸亏没有刺中要害。几天后，小伙儿的伤情得到缓解。

有关部门要给小伙儿评见义勇为的大英雄，小伙儿所在的单位竟炸开了锅。

"他可是我们单位最胆小怕事的人啊！"

"平常谨小慎微得不敢踩死一只蚂蚁！"

"说歹徒不费吹灰之力抢劫了他，我们还信！他会赤手空拳与扬着凶器的歹徒搏斗，太邪！"

……

这样的议论传出，记者深感蹊跷。

"当时，那么多人鱼不动、水不跳的，你一个弱不禁风之人，何来胆量挺身而出？特别令人震惊的是，面对歹徒凶狠的尖刀，你为什么还敢奋勇向前？"记者找到病榻上的小伙儿，下意识地探问。

小伙儿犹豫道："你是想听真话，还是……"

"当然想听真话！"

"那好，只是我的话你千万不要对外报道。"小伙儿的脸上飞过一朵红云。

记者认真地点头。

"当时,我儿子憋不住拽了一下我的手说:'爸,抓歹徒、抓歹徒呀!'我的儿子才六岁,还是稚气未脱的小毛孩儿,我堂堂一个大男人,总不能在他面前装孬种,让他都瞧不起吧?"

记者一愣:"就这一点?"

"对,就这一点!"

[原载于《小说界》2013年第1期,转载于《小说选刊》2013年第2期,入选《新编中国小小说选集》(英译本,加拿大卓识学者出版社出版)]

一包烟蒂

海烟这人烟瘾大，只要没睡下，两个小时内不抽烟，准会失魂落魄一般。

可在家里，海烟却从不抽烟。烟瘾犯了咋办？赶紧溜到外边去，狠狠地抽，过足了瘾再回家。

为什么如此？因为海烟深爱骆英，好不容易追到她，和她携手走进婚姻的殿堂。而骆英很反感海烟抽烟，特别是在她面前抽，让她吸二手烟。由于烟瘾实在戒不掉，海烟别无他法。

有段时间，骆英出差在外。海烟无聊，便在家中帮骆英整理衣物。本想等骆英回家时，给她意外的惊喜，让她看到家里变了个样，不仅不凌乱，还井然有序。

哪料整着整着，衣柜隐蔽的一角，忽然冒出包东西。小心打开，竟全是烟蒂！而且很显然，它们不是"新生儿"，"年龄"都不小了。

海烟气得脸煞白，心中大为不快。一个平素闻不得烟味的女人，应该十分讨厌烟蒂，干吗还要私藏？难道她——还有隐情？

朝等夜盼，骆英回来了。三两句寒暄之后，海烟很快拿出那包烟蒂。骆英先是一愣，但立马又镇定自若。

"好家伙，你乱翻我的东西？"骆英气哼哼的，一副兴师问罪的模样。

"不是乱翻,夫人!想帮你整理好衣物,让你回来眼前一亮。哪料……"海烟尽量心平气和,"能向我解释一下,这是咋回事吗?"

"这……"骆英表现得不以为然,"有什么好解释的?既然你看着不顺眼,我把它扔远点儿就是了!"

"谁都有自己的隐私。都什么时代了,海烟同志,你太不该乱翻我的东西!"骆英撂下一句话,揣上那包烟蒂,匆匆出门。

"好吧,是我错了。既然你可以扔掉它,我就当压根儿没见过。咱们,一切都是原来的样儿。"海烟软软地说。尽管他的心里,依然痛且苦着。

骆英不管。来到街边,犹豫再三,最后一咬牙,还是给艾川打了电话,约他去柳河公园见面。

艾川曾是骆英的同事,当然,他也早已结婚成家。

那时,骆英对艾川很来电,曾委婉地试探过艾川。在感觉艾川对自己并不在意后,也就未向他表露心迹。

一晃许多年过去。想不到艾川还是那么帅,那么有魅力。与艾川相见,骆英依然心动。

"骆英,找我这么突然,有什么事吗?"默默走过一段小路,艾川忍不住问。

骆英的脸唰地红了,小心拿出那包烟蒂:"艾川你看,这是什么?"

"烟蒂?"艾川惊问,"骆英,你从哪儿弄来这么多烟蒂?"

"从你那里!"骆英瞥一眼艾川。

"我这里?"艾川一头雾水。

"是啊!我们在一起上班那阵儿,你不是偶尔抽抽烟?"

"那又怎样?"

"你抽完烟会留下烟蒂,然后……"

"咋啦?"

骆英愣愣神,继而嗫嚅道:"趁你走后或你不在意,我会悄悄拾起,将它们一股脑儿珍藏。"

艾川觉得好笑:"这些没用的烟蒂,你珍藏它们干吗?"

"因为——"骆英的心突突突地跳起来,"它们可都是你吸过的,与你相关,总散发出你的气息!"

"这,这,这——"艾川感动得不行,"你怎么现在……"

"我本想珍藏一辈子,哪料忽然被老公发现。弃之不忍,只好——"骆英颤抖着,把那包烟蒂递给艾川,"还给你吧!"

"这,这,这……"

海烟不动声色,在难以被人发现的僻静处,耳闻目睹夜幕下发生的一切,心里真像打翻了五味瓶。

咬一咬牙,拿出壮士断腕的勇气,他终于狠心戒掉过去怎么也戒不掉的烟瘾,从此一身轻松,和骆英也相敬如宾,过起温馨、和睦的小日子。

(原载于《天池小小说》2014年第5期,转载于《小说选刊》2014年第6期,入选《2014年中国微型小说精选》)

一串佛珠

海力和我是好朋友。虽然相距遥远,但我们联系十分紧密。

去年S市召开一个全国性会议,我去了,海力也去了。

会后,我送他一本我出的小小说集。他则送我一串玉制的佛珠,再三叮嘱我每天戴在手腕上,说它会逢凶化吉,给我好运。

这么精致的东西,又是好朋友相赠,我实在舍不得戴,就把它装进礼品盒,珍藏在家里。

眨眼一年过去。

海力忽然给我发来短信:"戴兄好!有句话羞于启齿,但又不得不说。"

我愣,赶紧给他回信:"海兄,我们什么时候讲过客套?你就开门见山照直说吧。"

"是这样的,"海力小心解释道,"去年送你的那串佛珠,其实是个女的送我的。"

"哎呀,那不是定情之物吗?"我一惊,"你怎么能转送给我呢?"

"这一嘛,我们是很要好的朋友,送你有什么不可?二嘛,我真没想到,她送出的东西还要收回!你见过这种事吗?"

"没有!"我脱口而答,"一般不收回!但既然收回,我想,那原因肯定不一般。"

"还真让你言中,我和她闹崩了。本来,我是一百个不愿向你诉苦的,心想,买一串还给她不就得了!"

"你真这么想?"

"真的!所以,我跑遍 N 市的大街小巷,好不容易在家玉器店买了串颜色、大小、做工都十分逼真的去还她,你猜她怎么着?"

"猜不中,还是你说吧!"

"这娘儿们,只扫一眼,就说佛珠不是她的,她送给我的东西她认得,她要收回的,只能是真正属于她的东西。"

"那你咋办呢?"

"我向她摊开一双手:'要就要,不要就拉倒,反正找不到了!'说完转身要走,她却叫住我:'慢!别以为会这样便宜你!听好哦,三天之内,你不把我的东西还给我,我就冲到你的家里去闹,让你老婆收拾你!'"

"吓坏了吧?"我笑。

"还真是。戴兄,我老婆哪里是省油的灯?不好惹呀!"

我赶紧宽慰他:"你看你看,一开始便跟我讲,我快递给你不就得了?"

他又解释说:"我原想买一串还她便是,她还能认出自己的不成?再者,我真不想你也知道此事,让老兄见笑哇!"

"朋友之间只有真诚,哪儿会幸灾乐祸?"我纠正他的话。

"也是啊,早向你求助不就得了,免得被那娘儿们整……"

"你这样精灵,女人缘又好,怎没想到赔点儿钱给她?"

"想到过,在她识别佛珠之后。可我一说赔钱,她就大骂我亵渎她的感情,就狮子大开口了!"

"她要你赔多少?"

"十万!一分不少!那东西能卖十万吗?那娘儿们真是!"

"好了海兄,不能误你的大事,我立马把佛珠快递给你。幸好这佛珠我只珍藏,一直未戴。不然,让她发现有人用过,又没有你的气息,你想她会咋样?"

"不猜她了,幸亏你有远见!这东西三天能寄到吗?"

"能！"我向他保证。

"太谢谢啦！戴兄。"

"谢什么？本来就是人家送你的。"

我中断通信，马上冒着倾盆大雨回家去找。

"唉，不好了！那佛珠怎么就找不到了！"我在家里给海力发短信。

"戴兄，你一定要好好找，它可是我的命根子！你别慌，再找找、再找找啊！"海力几乎在哀求我。

"好的，我再找找。"

"噢，谢天谢地，终于找到了！"过了一会儿，我发短信安慰他。

其实，我一回家就找到了。我是存心要逗逗他。

"这就好，这就好哇！"海力已迫不及待，"戴兄，时间紧迫，你就快给我寄吧！"

"遵命！"

佛珠寄出，我又给海力发短信："海兄，宝贝已寄！"

"上帝保佑！"海力长叹，"我终于可以睡个安稳觉了！"

"睡吧，尽管放心地睡。"

半个月后，N市古玩拍卖市场爆出一则大新闻：某位神秘人士拍卖了一件家传玉制佛珠，拍得整整一百五十万元，创下近年来玉制品拍卖的最高价格。我看了一下那串佛珠的照片，觉得有些眼熟，这不正是我还给海力的那串吗？

好家伙，原来这个海力，听说玉制品在古玩市场有价格上扬的势头，就想向我索要回去；又怕我不还他的佛珠，居然编了这么一个曲曲折折、缠缠绕绕的故事，真是难为他了。

（原载于《小说月刊》2014年第7期，转载于《小说选刊》2014年第11期）

特别赏赐

天有不测风云。这不,右骁卫大将军长孙顺德满以为其贪腐之事压根儿不会走风,哪料未出三日就传得满朝皆知。

这是贞观元年。

唐太宗闻之气恨交加:一者,当时位高权重的宰辅大臣温彦博、戴胄等人,哪个不是倾心于治国理政,以"我瘦天下肥"为荣?二者,一粒老鼠屎,搞臭一仓谷。可这粒老鼠屎,干吗偏偏就是自己的叔岳父长孙顺德?这个长孙顺德,干吗这样不守气节、不顾声誉?

满朝文武拭目以待,他们要看皇上如何惩处长孙顺德。

唐太宗彻夜未眠。苦苦思索一番,天亮前终于心生一计。

赶紧叫中书舍人岑文本迅速拟好诏令,命五品以上在朝官员翌日全部参加早朝,谁也不得迟误。

早朝之时,文武百官各就各位,站得整整齐齐,无一不是洗耳恭听的模样。

唐太宗端坐金銮殿上,环顾文官武将,然后紧盯长孙顺德,重重地干咳两声。

"顺德公啊,受贿绢绸一事,还是你自己通报吧!"唐太宗语气温和。

长孙顺德却面如土色,浑身筛糠似的抖动。

"……这几个奴仆联手偷盗宫中财宝被我发现,他们吓得魂飞魄散,齐刷刷地跪在地上向我求饶……说什么也要塞给我二十匹绢绸……然后……"长孙顺德嗫嚅道。

"那——各位爱卿,你们说,长孙顺德为什么要收受绢绸?"唐太宗下意识地问。

谏臣魏征脱口而答:"很简单,他就是个贪官!"

"可他为什么要贪绢绸?"唐太宗追问。

"这个嘛……"魏征皱眉。

唐太宗不温不火道:"这不是和尚头上的虱子,明摆着吗?长孙顺德家里十分紧缺这玩意儿。顺德公家里紧缺,朕却不知,朕也有失察之过啊!既然这样,不如——朕再赏赐他五十匹绢绸,让他背回家去?"

"皇上,"魏征急了,"不可,万万不可呀!"

"那魏爱卿说咋办?"唐太宗笑问。

"王子犯法,与庶民同罪。长孙顺德虽是大唐开国元勋,也应交大理寺少卿胡演查处,按唐律治罪!"魏征正色道。

唐太宗捂嘴而笑,低声道:"魏爱卿可见过猫捉老鼠?"

魏征不假思索:"当然!"

"猫捉到老鼠后,不是要把老鼠抛一抛、玩一玩吗?"

"这……"

"就听朕一次,这回先赏赐赏赐顺德公吧。"

唐太宗喝令:"来人!"

立马有人搬来五十匹绢绸。

"顺德公啊,还得让你屈尊一下,弯腰弓背哩!"唐太宗悠然下殿,轻轻拍了拍长孙顺德的肩膀。

长孙顺德的额头开始冒汗,腰背弯曲得几乎让头叩地。

"来呀,把绢绸一匹一匹地放在顺德公的背上!"唐太宗指着长孙顺德的背。

于是，那些个绢绸就开始一匹接一匹地压向长孙顺德。

每放好一匹，唐太宗都会关心地问："顺德公，不重吧？还能扛得住、背得起吗？"

长孙顺德羞得脸一阵红，一阵白，一阵青，一阵紫。对唐太宗赏赐的绢绸，自然是欲卸不敢、欲背不能。僵在那里，大气也不敢出，恨不得找个地缝钻进去。

目睹此景，满朝文武都忍不住窃笑，俨然在看一出诙谐、幽默且辛辣的闹剧。

早朝完，文武百官一身轻松，匆匆散去。

唐太宗欲起驾回宫，胡演却忧心如焚，紧跟其后。

"皇上，长孙顺德贪赃枉法，罪不可赦，皇上干吗反其道而行之，加倍赏赐他？"胡演小心探问。

唐太宗轻轻转身，笑道："胡爱卿，你说，只要长孙顺德还有人性、良心未泯，那么，朕在众目睽睽之下加倍赏赐绢绸给他的羞辱，是不是会比判他下狱伏法更剜心？反过来，如果面对如此羞辱，他仍无动于衷、不知愧疚，那他不就是一只禽兽，即使杀他又有何用？"

"可是皇上，不怕一万，只怕万一。万一……"胡演忐忑不安。

"放心，朕自有安排。"唐太宗安慰他。

胡演将信将疑。

其后，长孙顺德就像一只泄了气的皮球，很长一段时间都很消沉、沮丧，不敢抬头走路。

唐太宗观之，又反其道而行之，诏令他为泽州刺史。

长孙顺德感恩不已，发誓一定改邪归正、改过自新。

果然，上任不久，他就大胆地将前任刺史张长贵、赵士达在郡内多占几十顷良田之事上报朝廷，把全力追回的田地尽数分给当地贫穷的农民。此后,他又亲自查办了泽州的几个贪官,硬是把泽州治理得道不拾遗、风清气正。老百姓都夸他是廉洁奉公的好官。

唐太宗龙颜大悦,有意召胡演进宫。

"胡爱卿,可曾听说老百姓怎样评价现在的长孙顺德?"唐太宗佯装担忧。

"都夸他是青天大老爷呢!想不到啊想不到。"胡演禁不住感叹,"能让长孙顺德发生如此大的改变,皇上真神!"

"真的吗?"唐太宗这才"转忧为喜",笑道,"那也不能夸朕神,要赞就赞咱大唐政治清明,贪官根本没有立足之地呀!"

(原载于《创作与评论》2015年第5期,转载于《小说选刊》2015年第5期,入选《2016中国好小说·微小说卷》)

死亡之约

贞观七年腊月初八,迎着纷纷扬扬、漫天飞舞的大雪,唐太宗李世民忽然驾临朝廷大狱。

大狱里关押着已判死刑、只等批准执行的三百九十名囚犯。

此时,他们有人直勾勾地盯着唐太宗,有人眉头紧锁,有人不停地眨巴着眼睛……都不知道这玉树临风、英俊潇洒的唐太宗,酒葫芦里装的是什么药。

"我是李世民。今天问你们两个问题,你们要如实回答!"唐太宗目光炯炯地注视着囚犯,"第一,对朝廷大狱给你们所定的罪行,你们可有异议?"

"皇上,我们一点儿不冤,我们认罪伏法!"囚犯们应声跪下。

"那好!第二,"唐太宗声如洪钟,"说说临死前,你们最后的心愿。"

跪在最前面、家住京畿扶风的囚犯徐福林,赶紧连磕三个响头,抬起头哽咽着说:"皇上,我想回家,看看我的父母妻儿,与他们做最后的话别!"

"这个!"唐太宗仔细打量一眼他,把目光转向其他囚犯,"你们呢?但说无妨!"

"皇上,我们也一样!"囚犯们迫不及待地叩头、高喊。

"既然这样,我和你们订个'死亡之约'。愿意吗?"

"愿意,皇上!"

"好!"唐太宗点头,"第一,准许你们不受任何约束地回家,看望你们的父母妻儿!"

囚犯们颤抖了,眼里有泪光闪烁。

唐太宗威严地审视他们,又说:"第二,你们必须保证:来年九月初四晌午之前,一个不少,自行、准时地返回朝廷大狱,伏法受罪,主动送死!"

囚犯们一惊,随即点头示意,高喊:"皇上,我们保证!"

户部尚书兼大理寺卿戴胄额上沁出豆大的汗珠,立即小心翼翼地靠近唐太宗:"皇上,这些囚犯可是杀人越货、罪大恶极之徒!您放他们出狱,万一他们凶相毕露,或者逃之夭夭,怎么办?"

唐太宗轻轻拍拍戴胄的肩膀:"爱卿,用诚心才能换忠心!我肯定他们不会辜负我!"

"这……"戴胄摇头。

"别说了!"唐太宗对他摆了摆手,然后毅然转向囚犯们,"此事已定!你们,都起来吧!"

霎时,囚犯们泪如泉涌,欢呼雀跃。

牢门一开,囚犯们就撒开双腿,没命地向家中奔跑。他们担心唐太宗变卦。

秋高气爽,惠风和畅。都城长安。从四面八方赶来的民众潮水般地拥向朝廷大狱所在的朱雀大街。一时间,一百五十米宽的朱雀大街上人头攒动。人们踮起脚尖,好奇地张望,耐心地等待。

这是贞观八年九月初四。

没人相信囚犯们守信用!他们来是想验证自己的猜想,是想亲眼看看唐太宗怎样应对突然的变故。

然而出人意料：那些个囚犯很快就接踵而至，个个昂首挺胸，人人精神抖擞。

人们目瞪口呆。

晌午到了。清点人数，已返狱三百八十九名！还差一名？戴胄急了。"皇上，怎么办呢？"他小心翼翼地问。

唐太宗浓眉一皱："再清点一次，查查有谁未到？"

又清点人数，依然是三百八十九名，未到者正是徐福林！消息传开，不仅看热闹的民众七嘴八舌，已返狱的囚犯们也开始咆哮了：胆大包天的徐福林，他怎么能出尔反尔？胆大包天的徐福林，他胆敢欺骗皇上？胆大包天的徐福林，他是个混蛋……

"皇上，怎么办呢？"戴胄诚惶诚恐地靠近唐太宗。人们也不约而同，把目光投向这边。

"等等吧！"唐太宗把右手一挥。

半个时辰过去，不见徐福林的踪影。人们急得如热锅上的蚂蚁。囚犯们则怒目圆睁、咬牙切齿。

"皇上，怎么办呢？"戴胄又小心谨慎地问唐太宗。

"再等等吧！"唐太宗拍了拍戴胄的肩膀。

又半个时辰过去，依然没有徐福林的消息。人们忧心如焚。囚犯们暴跳如雷。

"皇上，怎么办呢？"戴胄怯问。

忽然有人高喊："来了，来了！"

"来啦！"人们循着吱嘎吱嘎的车轮声望去，还真有一辆牛车由远及近，匆匆赶来。

很快，从牛车的车篷里探出一张男人的脸。这张脸消瘦、蜡黄、病恹恹的。狱吏定睛细看，不错，此人正是徐福林！

人们长长地嘘了一口气。囚犯们的怒容也渐渐消弭。

"说说吧，怎么来晚啦?"唐太宗端详着徐福林。

"路上，我突然病倒了。幸亏中途拦住了一辆牛车，就雇了它继续赶路。"徐福林喘着粗气，"我起了个大早，本想早点儿返狱伏法，哪料事与愿违。唉，我罪孽深重啊。皇上!"

"不，你能抱病返狱，精神可嘉!"唐太宗向徐福林投出赞许的目光。

徐福林挣扎了一下，要奔出牛车给唐太宗下跪。唐太宗走过去扶住他："徐福林，你别动，就在车上待着。"

"皇上，现在怎么办?"戴胄毕恭毕敬地问。

囚犯们无奈地低下头。他们明白，死期已到。

"怎么办?"唐太宗把囚犯们一一打量过，突然朗声宣布，"大赦所有囚犯，让他们自由回家!"

人们惊讶得把嘴张成了大大的"O"形。囚犯们也半晌回不过神来。等回过神来，他们就五体投地地跪在唐太宗面前，热泪盈眶地高呼："皇上万岁!万岁!万万岁!"

风云突变，西域叛乱。贞观十四年，唐太宗任命侯君集为西域远征军统帅，统领十五万铁骑征西。闻讯，三百九十名囚犯慷慨激昂、自愿请战。他们在侯君集的带领下，一路冲锋陷阵、英勇杀敌，最后全部血洒疆场、壮烈殉国……

西域收复，大唐拓土开疆就此开始!

（原载于《百花园·小小说原创版》2010年第4期，转载于《小说选刊》2015年第9期，入选《中外经典微型小说大系》）

订婚

网恋一年了！小伙儿是青岛人，帅气；姑娘是常德人，漂亮。青岛面朝大海，常德山环水绕，都美。

小伙儿想见姑娘，不，是想娶她了。小伙儿不声不响，从青岛乘飞机飞到长沙，接着马不停蹄，从长沙坐火车赶往常德。

小伙儿饿得慌了，他知道常德米粉好吃，就走进一家生意红火的米粉店，点了一碗红烧牛肉粉。嗯，味道果然不错，小伙儿十分惬意。

小伙儿没有透露出一丝音信，就悄悄地买好了订婚戒指，想闪电般的向女朋友求婚，把钻戒直接戴在她的手上。

"不知钟馨会有怎样的反应？"坐在车上，小伙儿愉快地想。又欲取出钻戒好好看看，这才发现手包丢了，而他的钻戒就装在手包里。这枚钻戒重三克拉，是花三十万元买的。手包里还有现金、银行卡和身份证等。

小伙儿急忙催车子掉头，折回那家米粉店。小伙儿思忖，如果手包遗失在米粉店里，找到它或许有希望；如果遗失在店外，可能就很麻烦了。

小伙儿迫不及待地找到米粉店的老板，把在店里吃罢米粉而后失落手包的事开门见山地向他说了。

"这里还真有个手包，但它是不是你的，我们需要核实清楚。"店老板望着他说,"这也是对手包失主负责吧。"小伙儿首肯。

经过当面核对,确信手包是小伙儿的,店老板才把它完璧归赵。

"你看你看,这么重要的东西,出门在外,应当时时小心哦。"店老板提醒小伙儿。

小伙儿既高兴又感激,立马从手包里取出一万元,要酬谢店老板。店老板赶紧摆手。

店老板认真地说:"这位帅哥,酬谢我怎么也不能收。因为手包不是我捡的,是我们店里一位店员转交我的;它也不是我们店员捡的,是个女孩儿捡到后交给我们店员的。那女孩儿怎么也不肯留下姓名,就一阵风似的走了。据女孩儿讲,她是在我们店外的花坛边捡到的。"

"这……"小伙儿怔住了。

"你们米粉店的生意兴隆,每天能售出多少碗米粉?"小伙儿略一思虑,下意识地问。

"大概五千碗吧!"店老板笑答。

"哈哈,真不错!"小伙儿竖起大拇指,"也就是说,每天顾客们都要掏四万元吃你们店的米粉,对吗?"他又问。店老板点头。

"常德风景美,常德人更好。如果我要做点儿善事,以此回报常德人的善良,"小伙儿打量一眼店老板,"比如明天,我请常德人免费在你们店里吃顿米粉,换句话说,一天五千碗的米粉钱全由我代为支付,您不会拒绝吧?"

店老板见小伙儿十二分的诚恳,只好答应了。

机不可失。小伙儿拿出银行卡,刷卡付款。之后,还提笔写了一封感谢信,也交给店老板。

小伙儿悄无声息,从天而降,确实给了女朋友天大的惊喜。

可当小伙儿忽然掏出钻戒要向女朋友求婚时,女朋友一下犹豫了。

"少华,我们都还年轻,恋爱也才一年,不急,再等等吧!"女朋友温柔地说。

小伙儿既失望又难受，但他也不想勉强女朋友，便咬牙答应了。

哪料第二天，女朋友只陪他在常德城里转悠了大半天，态度就来了个一百八十度的大转弯。

女朋友忽然满面春风地对他说："少华，刚才我想好了，我决定嫁给你！"

"嫁给我？"小伙儿怀疑自己的耳朵出了问题，"真的？"

女朋友坚定地点点头："真的！"

"这是咋了？"小伙儿喜形于色却满脸不解。

女朋友感叹道："我知道你在青岛生意做大了，年轻又有钱，但为富不仁者很多，你是什么样的人，我没把握。而现在，我已得到答案了。"

"这么快呀！你从哪里得到答案的？"小伙儿饶有兴趣地问。

"从微信朋友圈里。"女朋友欣慰地笑了笑，"你出钱请常德市民免费吃米粉的故事，今天已在微信圈里刷爆了。我有意路过那家米粉店时，也瞥见了你写的感谢信，就贴在米粉店外。米粉店里热气腾腾，不少人为你点赞。你呀，真有你的！"

小伙儿开心地笑了。他再看女朋友，也觉得她越看越美。

情不自禁地，小伙儿又大胆地掏出钻戒。这次，女朋友毫不迟疑，向他伸出了纤纤玉手……

（原载于2017年9月9日《人民日报·海外版》，转载于《长篇小说选刊》2020年夏季卷，入选《2017年中国微型小说精选》）

挂号

匆匆赶到这家大医院，目睹余盛康医生的办公室外，等候看病的人早已排成长龙，比蚂蚁移动得还慢，他就心急如焚。

他试着挤上前去，直接敲余医生的门，无奈办公室外太拥挤，不仅没人让路，不少人还眼里有刺。他想对门外的人说点儿什么，可话到嘴边又咽了下去。考虑来考虑去，还是转身去挂号室挂号，后也加入这条长龙，随人流缓缓前移。

实在太慢了！移了半天他思忖，会不会排上一整天都轮不到自己，还得第二天赶早又来排？或者，最快也得等到余医生下班前？

急火攻心，他又想到前面去插队，可依旧无人成全。

"对不起，我有很急很急的事，要先看余医生，我只占用几分钟，看完就走！"他憋不住径直奔向余医生的门前，小心翼翼地对正在排队的人说。最前面的人却立马横在他面前，下意识地挡住他。

"要耍花招了，你当我们是傻子吧？"有人嘲笑道。

"即便余医生的亲爹来了又咋样？现在是上班时间，上班时间他也不能会客！"有人板起面孔。

"你……"他欲言又止，还是回归原处，继续排队。

"正值大年三十，每个等候看病的人都像热锅上的蚂蚁。"他转念一想，"都不容易啊。罢了，罢了，何必此时与人冲撞，闹得大家都不开心。"

还好,在医院下班前,终于轮到了他。他长长地嘘过一口气,再回头望望后面,等待看病的人仍然排着长龙。如今看病是电脑叫号,只要尚存一丝希望,这些人都宁愿等到最后一刻。

终于叫号了,他赶紧推门进入余医生的办公室。

"请问,您哪儿不舒服?"当他轻轻坐在余医生的办公桌前,余医生边问边抬头。

只一瞬,余医生就愣住了。

"爸,怎么是您?您怎么……"余医生惊讶。

他微微一笑,立马递给儿子一瓶矿泉水:"马不停蹄看病人,累死累活一整天,想必你忙得喝口水的时间都没有。快,先润润嗓子吧!"

余医生迫不及待地拧开瓶盖,咕咚咕咚,一口气喝完了一瓶矿泉水。

"爸,实在对不起,今年,儿子又不能回家过年,不能陪陪您和老妈!三年,连续三年了,每年春节儿子都脱不开身,儿子实在……很惭愧很惭愧啊!"余医生喟叹。

他立马向儿子摆手:"康儿,快别这样说!清早给你打电话,你说病人多工作忙,真的不能回家,我还有点儿怀疑。但现在,一切我都看在眼里,你什么也不用解释了!"

这时,余医生瞥见了办公桌上的挂号单。"爸,真是难为您了!这么大老远来,这么大年纪了,您还像病人一样,挂号排队啦?"

"不挂号排队,行吗?你上班时间不能会客,我怎么见你?"他乐呵呵地一笑。

余医生的眼角却滚出一颗泪:"也是啊!爸,快告诉我,是不是有哪儿不舒服?"

"没有哩,就是想看你一眼!"他立马安慰儿子,"放心吧,我会把这里的情况如实告诉你妈！家里你不用操心，只管好好看病人，千万别出差错啊！"说完，他稳稳地站起来，拍拍儿子的肩头，转身，向办公室门口走去。

望一眼父亲佝偻的背影，余医生眼角的泪珠无声地滴落。

他前脚刚走，后脚就有个病人抢火似的进了余医生的办公室。

抖擞一下精神，余医生又开始一丝不苟地给病人看起病来。

（原载于《四川文学》2016年第8期，入选《2016中国年度微型小说》）

债

二十世纪九十年代,我的家乡还很穷。

读小学三年级时,爸妈能每天给我五分零花钱,已属不易。这五分钱怎么花?当然可以搭车,可以吃零食,可以买文具,也可以购小人书……

我很舍不得花这五分钱。不是特急,我从不搭车,总是快速步行或者一路小跑去上学;也尽量不吃或少吃零食,除非肚子饿得咕咕叫,实在受不了了;文具,总坚持能不买则不买,凑合着用,用到确实不能用了再说。

我为什么这样抠?一是因为太爱看小人书,想多攒钱多买小人书看。二是攒够钱后,想干点儿大事。至于到底干什么,当时也没想好。另外还有一点,不知自己是不是守财奴,老感觉只有攒钱才有满足感。那时攒钱,比吸鸦片还要上瘾。

半年之后,终于积攒了三元钱。我高兴得不得了,宛如自己发了笔小财,想想就甜。

我把这三元钱夹在书中,藏在书包里,天天背着,恨不得片刻也不离身。有空儿便翻出来偷看,仿佛它就是自己的护身符。

有天放学了,我照例背着书包,蹦蹦跳跳地回家。可走出学校不久,离家尚有很远的距离,忽然遭遇一个二流子,狼一样凶残的模样。

"小孩儿，有钱吗？"他恶狠狠地瞪着我吼。

我紧张得只差尿裤子了，但还是尽量镇定地摇头。

"真没有？"他张牙舞爪道，"如果让我搜出来，小心揍扁你！"

我慌了，眨眨眼，赶紧从书包里掏出一元钱，乖乖地递过去。

"还有吗？"虽然收了钱，他依然凶神恶煞一般，"如果让我动手，让我搜出来，我就把你踩成肉泥！"

好汉不吃眼前亏。我只得又从书包里掏出一元钱，服服帖帖地交给他。

但他还是那样青面獠牙，丝毫没有放过我的意思。"不老实，没掏完吧？你一定想挨我的拳头，想流点儿血？"他号叫。

"叔，你就行行好，发发善心，留点儿给我买小人书吧！我好不容易攒下这些钱！"我只差跪地哀求了。

"不行！"他像嗅到了血腥味儿的狼，"一分一厘也别藏着，除非小子你不要小命！"

实在没法子，我只好忍痛割爱，竹筒倒豆子，把书包里的钱一股脑儿地交给他。

看到我已泪花闪烁，他却仍是蛇蝎心肠，把钱往口袋里一揣，头也不回，扬长而去。

走在回家的路上，我痛苦极了，后悔极了，沮丧极了，也恼怒极了。

继续闷闷不乐地向前走。走了不远，忽然遇到一个比我个子矮不少、背着书包正回家的小男孩儿。看样儿，应该是小学一年级的学生吧。

这时，我灵机一动，揩干眼泪，也咬牙切齿、恶狠狠地横在他面前。

"小孩儿，有钱吗？"我对他咆哮。

看我如狼似虎的凶相，小男孩儿吓了一跳。"哥，你，你……"他哀求。

"别啰唆！如果让我动手，我非打死你不可！"我嗷嗷大叫，把拳头捏得嘎嘣响，"快，把你身上的钱都给我！"

小男孩儿一下被我吓破了胆，三下五除二，就把身上的差不多四元钱全掏给了我。

小男孩儿哭哭啼啼地回家了，我却报复成功似的快活起来。心想，别人能抢我，我就不能抢别人？这下倒好，还净赚了一元钱，哼！

日月如梭，韶光飞逝。转眼，很多年过去。

长大成人后，只要忆起儿时的恶作剧，心里就特别忐忑、特别愧疚，仿佛自己曾犯下不可饶恕的罪行。

有一年回老家，我下意识地找到童年时发生恶作剧的那条小路，在当时作恶的那个时间，把四百元钱小心翼翼地放在了路边。我觉得，我必须百倍地偿还，方能减轻自己的罪责。我特别渴望当年那个被抢的小男孩儿，此时也会回到家乡，拾回他应该得到偿还的这笔钱，拾回他儿时被深深刺伤的童心。退一步而言，即使这四百元钱被其他人拾到，也好。

但我很快发现，而且最终感到：即使这样做了，自己的内心也永远不得安宁。或许在人间，有些东西是根本无法偿还，也永远偿还不了的。所以，我们唯有时时处处心地纯洁，时时处处行善积德，至少不做昧良心、黑脸面的坏事和蠢事。

（原载于《芒种》2017年第6期，转载于《儿童文学·选萃版》2018年2月号、日本《莲雾》第十二号，入选《2017中国年度小小说》）

骨灰盒为什么响动

夕阳西下,炊烟袅袅。肖开愚牵了水牛,肩扛犁铧,匆匆走上回家的小路。

"辛茹,饭做好了吗?"踏进家门,肖开愚高声问妻。"快了,你放好犁铧,收拾收拾饭桌吧!"辛茹在厨房里应答。

肖开愚勾下头,径直向杂物间走去。刚把肩上的犁铧卸下,轻轻放在墙旮旯里,他便听到了异样的响动。

扑棱棱,扑棱棱!响声阴沉。肖开愚循声张望,发现杂物间那张灰头土脸的长方形旧桌上,父亲的骨灰盒正在晃动。

"怪呀!骨灰盒怎么……难道……父亲显灵了?"肖开愚两腿一软,不由自主地跪下去。

"开愚,饭菜都做好了,你还愣着干啥?"辛茹在厨房里问。

"父亲显灵啦!"肖开愚几乎在哭。

辛茹三步并作两步,向杂物间走去。可刚进杂物间,辛茹就毛骨悚然。冷不丁地,她也目睹了骨灰盒里发出的异样的响动。

"还愣着干吗?快给父亲下跪磕头呀!"肖开愚扬手拽了辛茹的衣角一把,让辛茹也跪在父亲的骨灰盒前。

"父亲,我对不住您呀!我三岁时,母亲早逝。母亲走后,您一直不娶,含辛茹苦把我拉扯大,还东拼西凑让我成了家。可从此,我不顾您年老体衰,仍叫您牛马一般地劳作。您病了,我还不给您医,让您总拖着、扛着……父亲,我不是人啊!"肖开愚不停地磕着头。

"父亲,我也愧对您呀!您像拉扯您的儿子开愚一样,把您的孙儿肖熊拉扯大。肖熊大了,我却一直让您穿得像破破烂烂的乞丐,也一直让您龟缩在墙边,吞咽每餐的剩饭剩菜。您稍有不慎,我就训斥您;您病恹恹得不能再操劳了,我便怂恿开愚把您赶出家门……父亲,我猪狗不如啊!"辛茹同样鸡啄米似的在骨灰盒前磕头。

骨灰盒里安静下来。

"父亲终于被感动了!"肖开愚一骨碌从地上爬起,拉了辛茹准备去堂屋和厨房。

扑棱棱,扑棱棱!可怕的声响再次传来,骨灰盒又在像地震一样地晃动。

肖开愚额上冷汗直冒。他一把拉过辛茹,二人扑通一声又跪下去。

"父亲,您千万别吓我了!您再吓,我就魂飞魄散了。您听我说,您在风雨中不幸惨死于异乡,外地人把您火化,装进骨灰盒,又千方百计找到我们,通知我们去接。接了,我们却不按乡下的习俗下葬您。我们吝啬、不孝,我们遭天打雷劈!您大人不计小人过,您就饶了我们吧!我向您保证,这几天一定把您移出杂物间,按乡下的习俗安葬您。父亲,您听到了吗?"肖开愚惊恐地哭求。

"父亲,您怎么还不罢休呢?您担心开愚说话不算数吗?那么,儿媳向您保证,开愚的话也是我的承诺。如若食言,您尽可挖了我们的心肝喂狗!再说,父亲,您的孙儿肖熊还小,看在要抚养他的分儿上,不论我们做了多么对不起您的事,您都宽恕我们吧!"辛茹也一把鼻涕一把眼泪地哀号。

（一）

不知何时，肖熊已悄无声息地来到家门口。

"爸、妈，我回来了！"一进家门，肖熊就兴高采烈地直嚷嚷。发现爸妈正齐刷刷地跪在爷爷的骨灰盒前，俩人都已头破血流。便惊问："爸、妈，你们这是怎么了？"

"小子，快给你爷爷下跪！磕头！"肖开愚急忙招手。"为啥？"肖熊一头雾水。"你爷爷显灵啦！"辛茹压低嗓门规劝。"显什么灵呀？"肖熊眉头紧锁。

扑棱棱，扑棱棱！骨灰盒又开始发出可怕的响动。肖开愚心惊肉跳，赶紧指指骨灰盒。

"咳！我说什么呢！"肖熊扑哧一笑，"那是我在里面装了只小雀儿！"

"小雀儿？你可别胡言乱语啊！"辛茹警告肖熊。"妈，我真的是在里面放了只小雀儿！"肖熊信誓旦旦。"小雀儿在里面就不会憋死？"肖开愚瞟了肖熊一眼。"我在骨灰盒上钉了几个出气孔呗！"肖熊撒撒嘴。他走向骨灰盒，打开它，还真的捉出只小雀儿来。

"你怎么这么淘气！"肖开愚蓦地从地上跃起，揪住肖熊的衣领，狠狠地扇了他一记响亮的耳光。

辛茹也跳起来破口大骂："小杂种！"

（二）

肖熊听到爸妈都在向爷爷赌咒发誓，心里禁不住一阵窃喜。爷爷生前，你们对他不孝；爷爷死后，你们还怕鬼。我可以告慰爷爷的在天之灵了！想到这里，肖熊就进了家门，若无其事地高喊："爸、妈，我回来了！""小子，快给你爷爷下跪！磕头！"肖开愚急忙招手。"为啥？""你爷爷显灵啦！"辛茹压低嗓门规劝。"是呀！"肖开愚心惊肉跳，赶紧指指骨灰盒。骨灰盒还真的在晃动呢！肖熊"大惊失色"，立马扑通一声跪下去。磕了一会儿响头，肖熊明眸一转："爸、妈，你们的诚心会让爷爷感动的。爷爷生前最喜欢我，就让我单独给爷爷再磕几个头，你们去准备晚饭吧！"

　　肖开愚和辛茹交流一下目光，才缓缓地起身。等他们把饭菜都摆上餐桌来喊肖熊时，骨灰盒真的静如止水了。

　　"好啦，爷爷宽恕我们啦！"肖熊轻轻拍拍身上的灰尘，下意识地安慰肖开愚和辛茹。

　　就在肖开愚和辛茹去厨房和堂屋的当口儿，肖熊已飞快地打开骨灰盒，捉出他事先放在里面的小雀儿，把它从杂物间的窗口放飞了。

　　（原载于《山东文学》2017年5月上半月刊，转载于《微型小说选刊》2017年第16期）

里程碑

化学老师鲁藜是古渡中学高一年级四十三班的班主任。

四十三班新生入学不久,还未教学生们做化学实验,鲁老师就先拿他们做实验品,做了一个古怪的实验。

鲁老师把该班五十四名学生平均分为三组,每组十八人。第一组安排数学老师匡满带队,学生何叶任组长;第二组指定语文老师席君秋带队,学生林立升任组长;第三组则由他自己带队,学生吕布布任组长。按照预先确定的计划,三组学生同时从古渡中学出发,徒步去三个不同的村庄。

第一组出发时,匡老师只叮嘱学生们跟他走,至于去哪儿、有多远都别问。当然,问了也无可奉告。他说到了就到了。

第二组动身前,席老师先告诉学生们,他们要去的地方是通什村,距离古渡中学十公里。

第三组要走的路程也是十公里,他们的目的地是哈尔盖村。一上路,鲁老师就向学生们讲明了情况。只是:第三组所走的道路,每隔一公里,路旁都竖有一块醒目的里程碑;第二组则不然,路上一块里程碑也没有。

返回学校,进入教室,在座位上一一坐好,学生们都用怪怪的眼光打量鲁老师。鲁老师却满脸微笑地站在讲台前,双手伏着讲台,神秘兮兮地询问各组的实验情况。

"跟着匡老师,才走了约两公里,我们这组就有人叫苦叫累;走到近五公里,不少同学已疲惫不堪;再往前走,多数同学都牢骚满腹、神情沮丧;个别人怒气冲冲,有的干脆蹲在路边等候。当匡老师终于说目的地南曲村到了时,跟在他身后的学生只有六人!这时,匡老师连连摇头,他告诉我们:'从南曲村到学校的距离是十公里!'"第一组组长何叶气喘吁吁地说。

"那——为什么会这样?"鲁老师关切地问。

"因为目的地不明,又不知道有多远的路程,大家都感觉很茫然;一茫然,消极悲观的情绪随之上涌;消极悲观的情绪一上涌,要到达目的地自然就很难。"何叶深思熟虑后回答。

"说得在理呀!"鲁老师直点头。

"那么第二组的情况呢?"他把目光投向林立升。

"我们这组吗?"林立升眨了眨眼,"情况可比第一组要好!走了大约五公里,才有人叫苦叫累;走到七公里多时,不少同学才表现出疲倦;再往前走,我们还能咬紧牙关,艰难迈步。等席老师指着目的地,高喊'快到了,快到了',同学们才昂首挺胸、精神抖擞。好在我们这组没人当逃兵,全部到达了目的地!"

"为什么没人当逃兵?"鲁老师有意追问。

"因为目的地很明确,行程也十分清楚。总的说来,大家心里有个底。"林立升脱口而出。

"既然如此,同学们为什么还会感觉劳累、疲惫?"鲁老师再问。

"因为只是走啊走,至于走了多远、还有多久,路上没有标识,心中没有底数,所以仍会不时有茫然之感!"林立升摸摸后脑勺。

鲁老师首肯。

到第三组了。鲁老师用手指轻轻地敲了敲讲台。

"很简单，我们这组沿途有说有笑、精神焕发。大家几乎是身轻如燕、健步似飞地赶到了目的地。"吕布布满脸阳光灿烂。

鲁老师眼睛一亮："为什么会这样好？"

"因为我们对目的地和总行程早已了然于胸。路上还不断地有里程碑出现。每走一段路，看到一块里程碑，大家便知道离目的地又近了一公里。心里就又多了一份成就感，精神当然也为之一振！"吕布布说得眉飞色舞。

鲁老师也听得频频颔首。

这时，终于有学生憋不住了，站起来高声而不解地问："鲁老师，你为什么要做这么个实验？"

"问得好！"鲁老师扬扬手示意那个同学落座，又意味深长地看看全班学生，"同学们，你们不是反复多次地问我，这高中三年究竟怎么过吗？现在，我已把答案告诉给了你们。仔细想想吧！"

同学们茅塞顿开、恍然大悟，一个个高兴地笑了。

从此，四十三班的学生比该校同年级其他班的学生都有锐气。

三年后的高考，他们也比该校同年级的其他班考得更好。

很多年过去了。忆起那次特殊的实验，同学们仍然历历在目、心潮澎湃。他们知道，鲁老师总在路上。路上，总有耀眼的里程碑！

（原载于《安徽文学》2010 年第 12 期，转载于《小小说选刊》2011 年第 4 期，入选《2011 年中国微型小说精选》）

举报

派出所接到举报电话,反映南嘉小区有户人家在吸毒、制毒……这还得了!所长让我带上两个民警立马前去侦查。

可侦查的结果是,那儿住着的一对小夫妻都是公务员,工作表现很好,压根儿没有吸毒、制毒。

我们要向举报人廖鱼普通报情况。找到他家,才发现他白发苍苍,独居一室,是一位空巢老人。

"难道真是这样?"听了我们的通报,老人眉头紧锁。

"确是!"我看着老人,点头。

"你们认真地核查过?"

"当然!"

老人沉默了。我们轻嘘一口气,匆匆回到派出所。

没想未出几天,老人又打来电话,还是举报那户人家吸毒、制毒,而且说得更加有板有眼。

所里不想理睬这招儿,因为举报已严重失实。

可所里一不理睬,老人就没完没了,半月内打了几十次电话。

"要么,我们的侦查有误;要么,事情出现了新变化;要么,老人的精神已失常。"所长思忖。

所长又把我叫过去:"不怕一万,只怕万一。这事还得辛苦你们,要对那户人家再做更全面、更深入、更细致的调查。如果举报的情况属实，就立即将犯罪嫌疑人缉拿归案；如果老人没有精神失常，则对老人进行教育甚至警示。"

"好的！"接到任务，我们又沉下去，对那户人家展开调查。像上次那样，这回能想到的地方都想到了，能采取的措施都采取了，能使出的招数都使出了，可调查的结果是，那对小夫妻依然没有任何问题。

显然，小夫妻是冤枉的！可廖鱼普老人为什么一定要造他们的谣呢？

带着这个疑问，我们又去登门造访廖鱼普老人。这次，我们不是只向他通报调查结果就完事，而是下意识地把他请到了派出所。

根据我们的观察和了解，廖鱼普老人没有精神失常，家境也不错。他有一对儿女，儿子是科学家，女儿为国企骨干，口碑都很好。可老人……我想揭开这个谜。

"老人家，举报坏人是支持我们的工作，我们当然欢迎。可诬陷好人是违法的，我们也要追责哦！"与老人寒暄过后，我话锋一转。

"诬陷好人？"老人慌了。

"对！如果您不能就自己反复的不实举报作出令人信服的解释。"我严厉地说。

"那你们要怎样？"老人开始颤抖。

"拘留您！如果问题严重……"我故意欲言又止。

"好吧，警察同志，"老人急了，这才小心解释道，"原谅我不懂法，我真的不是存心陷害他们，我只是想把他们撵走，让他们别住这里！"

"他们想住哪儿住哪儿，这是他们的人身自由，又碍您什么事？"我觉得老人不可理喻。

老人感叹："可他们影响了我，让我痛苦啊！"

我惊问："此话怎讲？"

"你们不知——"老人平复一下情绪后说,"白天还好,小夫妻俩上班去了,他们家里很安静。可一到晚上,他俩接回了孩子,两口子逗孩子发出的笑声传来,我心里……我心里就针扎似的难受!"

"针扎似的难受?"我越发不解,"别人一家子开开心心,您怎么就针扎似的难受?"

"因为……"老人的眼里闪着泪花,"只要耳闻目睹他们的快乐,我就会情不自禁地联想起从前,我的儿子、女儿也像他们俩的孩子那么小时,我们夫妻俩同样有事没事地逗他们玩。他们那天真无邪的笑啊,一样让我们深深陶醉、充满幸福!可现在……"

"现在怎么啦?"

老人的眼角滚落一颗泪珠:"我老伴儿早走了,儿女都成家立业了。他们总是那么忙那么累,我真不忍心登门叨扰他们,也不能喊他们回来看我,甚至连打个电话都怕影响他们!可我又忍不住要想他们,我孤独难受啊!"

"您是个好父亲,您过得太不容易!可是……那对小夫妻家的情景您怎么就耳闻目睹了?"我追问。

"警察同志,"老人一副无可奈何的模样,"他们就住在我家的对面,离我家近在咫尺啊!"

"原来如此!"我喟叹,"我怎么就没注意到呢?"

送老人回到家中,走上老人家的阳台,看着对面的红房子,我心里也涌起一股暖流。

返回派出所,思虑再三,我还是给老人的儿女分别打了电话。

从此,老人再也没有举报过那对小夫妻。

(原载于《啄木鸟》2016 年第 7 期,转载于《小说选刊》2016 年第 12 期)

犯点儿傻

马新朝和马萧萧父子在小城开了家服装店。

起初,生意说不上好,但亦能勉强维持。父子俩守着这家服装店,不慌不忙,倒也潇洒自在。

一天,有位满头银发的老人精神矍铄地走进服装店。

"老板,这件西装是前天我过生日,儿子特意买了送给我的。今天试穿才发现,袖口有个地方破了,你能帮我换一件吗?"老人从手提袋里掏出一件西装,试图递给正在经营生意的马萧萧。

刚要递出,老人忽然想起什么,又把手缩了回去。他再次查看那个袖口,发现只是脱了根线,简单补几针就好,犯不着麻烦店里,便红着脸说:"其实也无大碍,算了,还是不换了。"

马萧萧松了口气。

老人转过身子,正要出店。马新朝却若有所思地直奔过来。

"老人家,您来这里也不容易。让我看看您的西装?"马新朝温和地招呼老人。

"线头脱了,说明还是有问题。这样吧,"看过那件西装,马新朝毅然盼咐马萧萧说,"你立马领老人家去换,一定要选好的,尽量让老人家满意。"说完,便把老人的西装轻轻放进衣柜。

老人换好西装,笑呵呵地走了。

马萧萧却噘着嘴，愁眉不展。

"爸，别人都准备走了，你干吗还追上去，非得给他换呢？"

马新朝微微一笑："老人家既然来了，为什么不让他满意而归？虽然那西装只有很小很小的问题，而且不是我们的问题！"

"不是我们的问题？"马萧萧大惊。

"是啊！"马新朝有意从衣柜里取出那件西装，"你看，我们没卖过这种品牌吧？"他翻出西装的标牌，让马萧萧看个明白。

这不看不打紧，一看，马萧萧更是丈二和尚，摸不着头脑！

"爸，我明白了，那老人压根儿不是我们的顾客，他的西装根本就不是我们这儿出售的。既然如此，你干吗还佯装不知，一定要我给他调换？这不是犯傻吗？"

"不错！"马新朝依然微微一笑，"生意人犯点儿傻，也许能凝聚人气和财气哩！不信你等着瞧，老人家甚至老人家一家子都可能成为咱服装店的常客呢！"

父亲中邪了！马萧萧心想，头禁不住摇得像风中的树叶。

可出乎意料，第二天，那老人就迫不及待地来了。

"老板，真不好意思，只怪我看走了眼。我的西装是儿子在新汇服装店买的，你这是新江服装店。而且，你换给我的西装，牌子比我那件好多了。所以……"老人一进门就忙不迭地道歉。

马萧萧十分惊喜，准备取出那件西装和老人调换。正要去开衣柜，马新朝又满面春风地走过来。

"慢！"马新朝向马萧萧一摆手，然后转向那老人，"老人家，换了就换了，何必反反复复？只要您满意，我们就高兴。不要再把这事放在心上，回去吧，就当我们交个朋友。"

老人一愣："这……"

"不好吗？"马新朝十二分诚恳。

老人感激不尽地走了。

马萧萧又是一头雾水。

"爸,人家发现不是我们的问题,都主动上门道歉了,你干吗还劝人家不换?我们不是眼睁睁地吃大亏了?你为什么一而再地犯傻呀?"马萧萧几乎发怒了。

马新朝依然心平气和:"我说过,犯点儿傻能凝聚人气和财气。也许,老人家和老人家一家子还真能成为我们的常客哩!不信,你等着瞧。"

马萧萧觉得滑稽,便用一种异样的眼光久久地打量着父亲。

说来也怪,一周后,那老人又兴冲冲地来了,而且带着自己的三个儿女。

这回,不只那老人,连老人的三个儿女也二话不说,每人买了一套西装,都是名牌的,还不和店里讨价还价。

马萧萧服了。

自此,新江服装店的生意越做越大、越来越红火。

马新朝过世后,马萧萧做起服装店的老板。他也学着当年父亲的口吻,对儿子马先发说:"生意人犯点儿傻,也许能凝聚人气和财气哩!不信,你等着瞧!"

(原载于《芒种》2013年第9期上半月刊,转载于《小小说选刊》2013年第19期)

双赢

不是冤家不聚头,这话好像是冲着金克木和灰娃夫妻俩说的。他们在一起,还真是大吵三六九,小吵天天有。而每每吵得凶时,妻子灰娃又总要摔一样东西:要么一只碗,要么一个茶杯,要么一把椅子……每次,只要灰娃一发威摔起东西,金克木就胆战心惊,像只缩头乌龟。

这回,还没吃完晚饭,金克木和灰娃又开始为芝麻大的事儿喋喋不休地争吵。吵得火药味很浓时,灰娃又故态复萌,抓起桌上一只碗,狠狠地朝地上摔去。只听"咣当"一声,碗立马摔得粉碎。

可金克木与以往判若两人,不仅没有甘拜下风,反倒昂首挺胸、毫无惧色。

"你狠!饭桌上还有那么多碗,你摔,你都摔呀!"金克木端坐于桌旁,双臂交叉、抱胸,一副无所谓的模样。

"你以为我不敢吗?"灰娃一愣,凶巴巴地瞪着金克木,扬起的双臂像扫帚一样,狠狠地向桌面扫去。哗啦啦!桌上的碗筷顷刻间像雨点般落地。

"你狠!你索性连这张饭桌也砸了,砸呀!"金克木站起来,一边往墙边退让,一边激将灰娃。

"你以为我不敢?"灰娃又咄咄逼人地瞪一眼金克木,抓起一根大木棍就向饭桌猛击。

"好家伙！还有椅子呢！"金克木搓搓手。

"砸！"灰娃咬咬牙。

于是，椅子砸了。

"还有铁锅呢！"

"砸！"

铁锅又砸了。

"还有水缸呢！"

"砸！"

……

不一会儿工夫，家里能摔能砸的东西，几乎全摔全砸了，地上一片狼藉。

直到这时，金克木才像泄完了气的皮球，灰娃才像站到了胜利的凯旋门前。

吵架归吵架，吵完架日子还得过呀！第二天，等他们都心平气和了，又不得不结伴儿进城，去买锅碗瓢盆、桌椅板凳……回家的路上，二人细细一算，买这些东西竟花了两千多元。对一个并不富裕的农村家庭，这可不是笔小钱！

灰娃的心里像刀割似的疼痛，十分懊悔自己太意气用事。当然，灰娃也不会把情绪写在脸上。她努力地克制着，不让金克木拿捏到自己的软肋。

金克木呢，心里也隐隐作痛，表面却装得十分慷慨："老婆，只要你觉得消气解恨，以后我们吵得恶时，你还把这些东西一股脑儿地砸掉，就当是砸堆土坷垃，就当是砸别人的破烂货！"

灰娃吃惊地瞅瞅金克木："砸了咋办？"

"陪你进城，买呗！"

"真的?"

"真的!"

金克木越说越轻松,灰娃却不由自主地低下了头。

灰娃软绵绵地说:"下次再不砸了!天王老子要我砸,我也不砸了!"

"真的?"

"真的!"

金克木将信将疑。

没过多久,金克木和灰娃再度发生争吵。吵得不可开交时,灰娃又急火攻心,狠狠地抓起桌上一只碗。

金克木先是慌了,但转眼又镇静下来。

"砸呀!"金克木下意识地冲着灰娃大吼。

灰娃恼怒地瞪一眼金克木,把碗高高地扬起。可在空中停留了很久,碗还是紧紧地抓在灰娃的手里。

"凭什么要听你的使唤!"灰娃如梦方醒,出其不意地反问。可不等金克木开口,灰娃立马又说,"老娘今天邪了,偏不砸哩!"

"真的?"

"真的!"

"这,这……"金克木似乎黔驴技穷了。

其实,金克木心中窃喜;灰娃的心里,也暗自得意。

(原载于2011年3月21日《羊城晚报》,转载于《微型小说月报》2011年第7期,入选《2011中国年度小小说》)

记得那时

辛笛是星河小学三年级的学生。

一天放学,他背着书包蹦蹦跳跳地回家,忽然眼睛一亮——路上躺着一些钱!一数,不多不少七元。

是谁不小心掉的呢?辛笛的胸口突突突地跳得厉害。要知道,那可是五分钱就能买到一个鸡蛋的年代!

他机警地环顾四周,无人,赶紧弯腰去捡。辛笛揣进口袋,乐陶陶地回到家,好几次话已溜到嘴边,又狠狠地吞回肚里,硬是没让爹妈知道自己捡钱的事儿。

七元钱绝不是小钱啊!晚上,辛笛翻来覆去地睡不着——他太兴奋了。

拾金不昧!学习雷锋好榜样——不知怎的,辛笛的脑海中又突然冒出这样的念头——捡到钱不交是可耻的!至少也说明自己的思想觉悟低呗!所以,明天一上学,就得把钱交给班主任曾老师。

可是,七元钱全交吗?辛笛又的确舍不得。怎么办呢?辛笛转念一想,决定只向曾老师上交三元,余下的四元自己揣着。这样,既赚了大头,又能得到老师和学校的表扬,何乐而不为呢?

于是,第二天一上学,辛笛就悄悄找到曾老师,把其中的三元钱大大方方地交给他。

果不其然，上课的铃声刚刚响过，曾老师就笑容可掬地迈进教室，竖起大拇指赞不绝口地表扬了他，同学们也向他投来赞许的目光。

不仅如此，课间操时，校长还当着全校师生的面，浓墨重彩地推荐辛笛，号召全校师生向辛笛学习。

学校的宣传栏里也贴出了倡议书《学习辛笛，做雷锋式的好学生》，文章的四周，还贴满了同学们热情洋溢的心得和誓言。

如此一渲染，辛笛就忐忑不安了。捏捏自己口袋里私藏的四元钱，他的脸又烫又红。哪里是雷锋式的好学生？哪里值得全校师生们学习呀！他感到羞愧。

可再把四元钱交给曾老师吗？老师、同学还有校长又会怎样看我？

——哦，原来辛笛也是自私自利的孩子！

那么，就说自己又捡到了四元钱？

——鬼才信呢！就你辛笛能捡钱，同学们都捡不到？思虑再三，辛笛决定，索性不上交那四元钱。

但接下来，辛笛又寝食难安了，自己不配老师、校长和同学们的赞扬事小，更可怕的是，这样私心作祟做坏事，怕要遭报应的！善有善报，恶有恶报。爹妈经常这样念叨呀。

怎么办呢？经过一番苦思冥想，办法终于有了。

第二天，赶在同学们之前，辛笛悄悄把四元钱"掉"在了放学回家的路上。辛笛觉得这一招既无私又高明，不仅把四元钱"交"出去了，还能让别的同学捡到钱交给老师，也得到老师和学校的表扬，自己该是做了件"好事"吧！

可是一天过去，学校里没有同学得到表扬；两天过去，依然没有；一周过去，还是没有……

辛笛开始后悔了，他好几次跑到自己"掉"钱的地方，很仔细地想找回那"丢失"的四元钱，但是没有找到。也许，这钱是被哪个同学捡到后私藏了；又或者，是被一阵风刮走了吧。

想到这里，辛笛狠狠地拍了拍自己的前额："唉!"

（原载于 2011 年 10 月 11 日《新课程报·语文导刊》，转载于《小小说选刊》2011 年第 19 期）

男人的心

杨邪最怕陪老婆苏笑嫣逛商场,苏笑嫣却最喜欢要杨邪陪同。每次逛商场,杨邪就像坐监牢,度日如年。而苏笑嫣呢,却总是乐此不疲:这里看看,那里瞧瞧,半天选不中一件商品还春风满面;当然,如果有幸选中了某件,那可就要心花怒放。常常这样,杨邪饥肠辘辘、全身乏力了,苏笑嫣还兴致勃勃、精神抖擞。

即便如此,只要苏笑嫣有要求,杨邪还是不得不陪。这第一嘛,与苏笑嫣谈恋爱之前,苏笑嫣就有言在先。他们达成过君子协议,婚后也不能单方面毁约。第二,本来就很漂亮的苏笑嫣,婚后因为爱的滋润越发魅力四射,让不少男性眼睛发亮。如果惹她不舒服而变心,对杨邪是很危险的。说得更明白些,万一苏笑嫣跟别的男人走了,那是杨邪无法承受的灾难。所以,苏笑嫣要逛商场,杨邪只能硬着头皮,陪!

星期天的阳光很灿烂。一看天气甚好,苏笑嫣又向杨邪发出邀请。苏笑嫣还带上了活蹦乱跳的女儿杨郯。杨邪则远远跟在她们身后,算是陪着。

进了商场也一样,苏笑嫣牵着杨郯的小手,这里瞅瞅,那里看看;这里问询,那里打探。兴趣盎然,津津有味。杨邪却戴着一副墨镜,双手插在裤袋里,远远跟着她们,不时盯盯苏笑嫣肩上的坤包。那神情就像侦探或贼发现了目标,准备行动前既小心翼翼又镇定自若。

不知跟了多久，杨邪无意间发现，有个身材和他差不多、戴着副墨镜、双手插在裤袋里、文雅如他的年轻小伙儿，也在不声不响地打量苏笑嫣，审视和揣摩她肩上的坤包。

似有心理感应，那小伙儿也注意到了杨邪，认定杨邪同样对苏笑嫣产生了兴趣，而且杨邪比他更早更快地瞄准了目标。

悄悄交换眼神之后，那小伙儿一溜烟来到杨邪身旁。他轻轻地碰了下杨邪的肘关节，然后附在杨邪的耳边窃窃私语："哥们儿，马上行动吧，弄到银子平分。你在这里打掩护，我去那边下手？"

"不，"杨邪摇头一笑，"兄弟，我比你手脚更麻利，还是你在这里站岗放哨，我摸到那女的身边去试试身手！"

"这……"那小伙儿不悦，犹豫。

"爸爸，爸爸！"这时，杨粼忽然掉转头来，冲着杨邪激动地大喊，"快过来，快过来呀，妈妈已选好衣服，就等你付钱呢！"

"哦——那好！"杨邪如梦方醒，不由自主地抬头。

"怎么？弄了好半天，你们竟是一家人！"那小伙儿大惊，先是乌龟似的缩头，然后拔腿就往外跑。

"哎，别急，我们还没谈好呢！"杨邪望着那小伙儿远去的背影，兴致勃勃地调侃。

苏笑嫣不知杨邪这边在演什么戏，提着一件时髦的衣服，好奇地问："杨邪，你刚才和谁打招呼？你们在谈什么呀？"

杨邪眉飞色舞地奔向苏笑嫣："不期而遇一个好朋友，咱们谈笔生意哩！"

"谈生意？"苏笑嫣追问，"谈什么生意呀？"

"这个嘛……成了再告诉你吧！"杨邪神秘兮兮地回答。

"也好，付款吧！"苏笑嫣拍了拍杨邪的肩膀。

买好衣服回到家中，杨邪迫不及待地把自己关在房里，装模作样看书的同时，手心里悄悄地捏了把汗。

从此，只要苏笑嫣一提逛商场，不管喊不喊杨邪陪同，他都要毅然前往，俨然肩负了某种神圣的使命。

苏笑嫣既高兴又好奇，就问："杨邪，以前请你陪我逛商场，你都像做作业一样被动和潦草；如今即使不要你陪，你怎么也像寻宝似的主动和热心呢？"

"因为……"杨邪有点儿羞涩，"我比以前更爱你呗！"

"滑头！"苏笑嫣虽然嘴上这么说，可心里却比喝了蜜还甜。

（原载于《百花园·小小说原创版》2011年第8期，转载于《微型小说选刊》2011年第23期，入选《2011年中国小小说精选》）

只想大哭一场

已连续三次失恋！这回，又不得不和自己深爱的男友分手，李小妮心里特别难受，真想号啕大哭一场。

但她却不能在家里哭。因为前两次恋爱，爸妈虽未点头支持，也是睁只眼闭只眼，让她自己做主的。可这回，爸妈从一开始就强烈反对，而她始终我行我素。满以为自己的眼睛雪亮，结果呢？

李小妮也不想去单位哭。失恋是个人之事，痛亦是个人之痛，没必要让整个单位都知晓，不能因其影响大家的工作。

在其他地方哭也不好。

可是，李小妮真的忍不住要放声大哭一场，以泪洗面，把内心的苦水倾吐干净。

到底去哪儿哭呢？

殡仪馆？对，殡仪馆是能哭的地方，在那里哭可以无所顾忌。

于是，李小妮火速来到殡仪馆，找到馆内最大、吊唁者熙来攘往的一个厅。她想，这地方人杂，彼此陌生者多，她的出现不会令人大惊小怪。她便眼泪汪汪地直奔进去，扑通一声跪在灵柩前，一把眼泪，一把鼻涕，呼天抢地，大哭起来。

"你就这样狠心地走了，什么也不管不顾了，让我还怎么活啊……"

李小妮的哭声撕心裂肺、惊天动地，顷刻间引来众多的目光。

看着灵柩前这个漂亮的女孩儿,有人禁不住窃窃私语:"她和死者到底是什么关系?"

死者的遗孀金女士感觉不对劲,但却表现得很镇定。她努力不动声色,稳步走近正在恸哭的李小妮。

"妹子,逝者已矣,生者节哀!"金女士躬下身子,把李小妮劝到厅内一个相对僻静的角落,察言观色,尽量对她婉言相劝。

李小妮仍沉浸在巨大的悲痛中,嘴唇不停地哆嗦,一脸木然的神情。

不等李小妮开口,金女士又迫不及待地说:"现在,你什么也不用讲了,我知道你是我家死鬼的什么人!我们家的房子、车子等不动产你千万别伸手,我给一笔钱补偿你的青春损失。这样吧,咱俩今后都要体体面面做人的,这事儿你一定不要声张,我现在就支付你三十万元,你拿着它远走高飞。从此,就当你和我家死鬼什么也不曾发生,我们互不亏欠,互不影响。好吗?"她的声音很低,也很温和。

"这……"李小妮一愣,若有所思地摇摇头。

金女士急了:"虽然我那死鬼是个大老板,有钱,可你要知道,他的钱几乎全投进企业了,我们手头的流动资金并不宽裕。这样吧,再加二十万,总共五十万。妹子,你就不要再为难我了。好吗?"

李小妮依然摇头。

"那……"金女士尽力掩饰住不悦和无奈,"还加十万,给你六十万,总可以了吧?妹子,我们家再也拿不出更多的现款,你就……"

李小妮犹豫了一下,没有吭声。

金女士赶紧叫人拿来这笔钱,想打发她走人。

李小妮却立马摇头,拒收。

金女士愣住了,有些生气:"难道你这么快就反悔了?妹子,你可不能狮子大开口哦!"

"你完全误会了!"李小妮擦了擦眼泪,"阿姨,我分文不要!只想痛哭一场,我太伤心了!"

"真的吗?真的是这样?"金女士瞪大眼睛打量着眼前这个女孩儿,简直不敢相信自己的耳朵。

"真的!"李小妮用力地点头。

(一)

金女士这才长长地嘘了一口气。

"妹子啊,你心善,会有好报的!"金女士紧紧握住李小妮的手,满脸感激之情。

大哭过后,苦水倒出了很多,李小妮的心情也好多了。她转身离开大厅,向殡仪馆外走去。

目送李小妮匆匆离去的背影,金女士特别感慨:"这个死鬼真厉害,找了这么美艳的情人,居然神不知鬼不觉!而且,这个妞还如此钟情、如此纯粹,没有丁点儿铜臭味。难得,难得啊!"她不由得对李小妮生出几分同情。

李小妮呢,也想过告诉金女士真相:自己与死者素不相识,来这里号啕大哭只为……然而,思虑再三,她最后依然没说。

"这样岂不更好?"事后李小妮想。

(二)

"那你……"金女士满脸疑惑。

"是这样的,"李小妮终于鼓起勇气向她解释,"……最近,我又失恋了,痛不欲生,想找个地方大哭一场,就……"

金女士听得目瞪口呆,之后,眼角沁出泪来。她一把将李小妮抱在怀里,母亲似的,喃喃地说:"好妹子,我差点儿误解你、痛恨你了!"

(原载于《山东文学》2018年第11期,入选《2018中国精短小说年选》)

柳暗花明

因为母亲

　　他是杀人不眨眼的凶手，他的身上沾有十四个无辜生命的鲜血。

　　他又是狡兔三窟的罪犯，全国通缉两年多了，警方使出浑身解数，也未能将其抓获归案。

　　可再狠毒的男人，内心也有柔软的地方，也有柔软的时候。两年后，他想母亲了，通宵达旦地想！实在熬不住，竟斗胆潜回了老家。他只想见母亲一面，让母亲开开心就走。作为独生子，他从小娇生惯养；父亲过世早，他是跟着母亲长大的。

　　侦查员很快得到情报，并迅速向警方密报。

　　机不可失！警方立马实施抓捕。四名刑警从天而降，直抵他的藏匿之处。在一番周密的策划和部署之后，一名刑警小心地走到他母亲的住宅前，扬起手轻轻地敲门；与此同时，另外三名刑警则机警地守候在大门边和楼道口，随时准备应对险情和组织夹击。

　　听到敲门声，他不动声色地来到门前。从门上的猫眼里，他窥探到了外面的动静。虽然外面的人穿着便装，但他已确定是刑警无疑。

　　"谁呀？"他故意装得漫不经心。

　　"社区干部！"敲门的刑警沉着应答。

　　他"哦"了一声，又问："干吗来的？"

　　"综治工作迎检，上门查验户口。"

"好吧,稍等一下,我穿好衣服就来开门!"他阴笑。随即返回房间,从枕头下摸出手枪,十分麻利地上足子弹,然后,悄悄地把手枪藏在裤子口袋里。

他蛇一样顺溜地滑向门边,露出狰狞面目,准备陡然开门的同时举枪射击。这时,他的母亲却忽然进入客厅,站在了他的身后。

"儿啊,外面来了什么人?"母亲小声询问。

"妈,查户口的!"他回头看着母亲,母亲满头银发,目光如同秋阳。他的心暖了一下。

"那你把户口本找出来,给他们看看就是!"母亲微笑道。

"好吧!"他愣怔一下,旋即若无其事地走向房间。

待母亲蹑手蹑脚走到门边开门时,他又咬牙把已上足子弹的手枪悄悄地放回枕头底下,然后十分无奈地翻出户口本,大摇大摆地来到客厅。

"老妈妈,很抱歉,我们打扰您了。现在,我们要带您的儿子去社区,核实一下户口信息。您就——先休息休息吧!"敲门的刑警心平气和地安慰他的母亲。另外三人则鹰一样敏锐地盯着他,一边十分迅捷地把他围住,一边机警地摸着裤袋里已经上膛的手枪。

"那好,咱们走吧?"他手举户口本,一脸的泰然自若。

临出门,他又若有所思地回头: "妈,关上门,您安心休息休息啊!"

虽然他表现得波澜不惊,四个刑警却不敢有丝毫的马虎。看似最安全的时候,往往也是最危险的前夕。这个道理,他们都懂。

直到他们终于平安地下楼,他的母亲轻轻关上房门,他服服帖帖地被戴上手铐,仔细搜查他后没有发现凶器,刑警们才禁不住松了一口气。

这时,四个刑警都深感不解:往日比狼还凶残十倍的他,今天怎么变得像羊一样温顺了呢?

　　路上,一个刑警终于憋不住问道:"以前,你作案老谋深算,杀人如割韭菜。今天,怎么会没藏刀枪,还这样文质彬彬?"

　　"你们不敢相信了,是吧?"他苦苦一笑,"说真的,你们都要感谢我的母亲!要不是我的母亲在家里,要不是她始终在现场看着我,今天你们四个又要倒在我的枪口之下!"

　　"为什么?"一个刑警好奇地问。

　　"因为,"他眼里闪烁着泪花,"我实在不愿在我的母亲面前开枪杀人,让她亲眼看见她的儿子何等的凶残!所以……"

　　"所以怎样啦?"

　　"我又一狠心,把枪藏在枕头底下了!"

　　(原载于《小说界》2016年第1期,转载于《小说选刊》2018年第8期,入选《小小说美文馆》)

装修

因要装修房子,请了一个瓦匠、一个漆匠和一个木匠。三人的年龄都在四十岁左右。

每天太阳初升,他们就穿着迷彩服和黄胶鞋来了。来后先依次上卫生间洗脸漱口、方便方便,再一起蹲在墙角吧嗒吧嗒地抽烟。烟雾缭绕中,他们悠悠然有如神仙一般。抽完烟,才各忙各的事儿去。

"幸福的花儿心中开放,爱情的歌儿随风飘荡……"不一会儿,房间里响起悦耳的歌声,是瓦匠蹲在地上,一边小心镶嵌地面砖,一边情不自禁地吟唱。唱罢《我们的生活充满阳光》,瓦匠又充满激情地吟唱《在希望的田野上》。

漆匠被深深感染了,也一边扬起刷子,在墙面利索地刷着墙漆,一边用嘴当笛,兴致勃勃地吹奏《牧羊曲》,似乎还很动听。

"停一停,停一停!"木匠不想被遗忘,也一边乒乒乓乓地钉着房顶的装饰条,一边迫不及待地叫嚷道。

"我给你们讲个故事——"咽了一下口水,木匠赶紧说,"汉剧团有个女演员,快六十岁了,晚上常去一家歌舞厅跳舞。有个二十来岁的毛头小伙子,不知怎的就成了她的舞伴儿。跳来跳去,眉目传情,小伙子竟爱上了女演员!"

"真的?"漆匠的刷子在漆桶里浸了一下。

"真的！"木匠又抡起钉锤钉进了一枚钉子，"后来啊，他们还手牵手登门拜访小伙子的父母呢！可惜第一次，门槛儿还没迈进去，小伙子的父母就高高地扬起扫帚和拖把……"

"啧啧，有趣！"瓦匠瞄着地面砖说。

"是啊，"木匠得意起来，"只是棒打鸳鸯不散，小伙子和女演员硬是做了夫妻，感情还蛮好呢！"

"当真？"瓦匠和漆匠几乎异口同声。

"骗你们是狗！"木匠赌咒发誓道。

房子里满是飞扬的灰尘、刺鼻的墙漆味儿和叮叮当当的敲打声，我偶尔进去一下都难受得要下地狱，他们整天置身其中却像进了天堂。

我问他们："干吗这样快乐？"他们的回答干脆而简单："老板请咱做工，咱能赚钱呗！"

我担心如此下去，房子装修质量不保。他们就把胸脯拍得山响："老板尽管放心，我们不是只做一家生意就'金盆洗手'的！快乐着精神就好，精神一好做事有劲儿，做工质量反而更高。"

"真是这样？"我反问道。

"不骗老板，装修完了请验收，不满意我们不要钱！"

"好，一言为定！"

"一言为定！"

装修完毕，我心里悬着的一块石头终于落地。真没料到，他们要价不高、干活又快、质量也优。激动之余，我邀请他们上红松酒店吃晚饭。

"真的？"他们欣喜若狂，"老板好人好报。我们回家一趟立马就去。"

"还要回家？"

"是啊！"

一个小时后,他们西装笔挺、领带飘飘、皮鞋锃亮、精神抖擞地跨进酒店。

"迷彩服和黄胶鞋都脱了?还洗头洗澡梳妆打扮了一番?"我眼前一亮,惊问。

"那当然!老板给足了咱面子,咱也要充分尊重老板是不?"

我笑了,心头为之一震。

饭桌上,因为彼此信任,谈笑十分投机。喝罢一瓶红酒,我就弄清了他们的生存状态。

瓦匠:家住城郊的乡下,儿子读高中成绩不错。为让妻子安心做全职家庭主妇,他不让妻子干农活,累死累活硬是养着妻儿俩。

漆匠:屋漏偏逢连夜雨,企业改制下岗后,尚有几分姿色的老婆又跟一大款跑了,还狠心把正在读初中的女儿扔给他不管。

木匠:家里有老父老母病恹恹的,医院有老婆患宫颈癌等待救治。没有丁点儿外来援助,他已欠下一屁股债!

处于这样沉重的生存状态,他们居然过得惬意洒脱、快乐未央。为什么呢?就因为他们心态阳光!

我庆幸这次,不仅把房子装修得好好的,还好好地装修了自己的心灵。

(原载于《中国铁路文艺》2009年第10期,转载于《微型小说选刊》2010年第1期)

父亲

姐姐匡惠比妹妹匡雪大两岁,她们却在同一个班里读小学。

匡雪爱读书、肯钻研,考试成绩总是不错;匡惠贪玩、学习马虎,考试后经常愁眉苦脸。

父亲匡万里当过兵,对姐妹俩要求很严。每次考完,成绩差者回家准挨打。

母亲郑玉丽心疼女儿,起初好言劝阻,后又竭力阻拦,但都无济于事。父亲怒发冲冠时,在母亲面前也凶神恶煞似的。母亲无奈,只好避而远之。

每次考完,看到姐姐挨打的惨状,听着姐姐嘤嘤的哭泣,匡雪就全身发抖、内心惶恐。

匡雪也想考差点儿,不让姐姐难堪,但她毕竟怕打啊!父亲那么凶、那么狠,仿佛他打的不是自己的亲生女儿,而是一头猪、一只老鼠或者他要食肉寝皮的仇敌。没法儿,为了不让自己鼻青脸肿,她还得拼命考好。

好不容易熬到五年级上学期。

一次考数学,匡雪得了九十分,匡惠只得了七十五分。当老师宣布完考分、自己拿到成绩单时,匡雪心里很踏实。

姐姐又要挨打了!匡雪想,真是于心不忍啊!可是又有什么办法呢？幸亏每回都有姐姐做挡箭牌，不然，水深火热的就是她了。

万万没有想到的是：回家后看过成绩单，父亲竟会青面獠牙地冲着她虎吼狼嗥，要对她拳脚相向！

匡雪惊慌、纳闷儿。

"爸，我考了九十一分，您还要打我？"她十分不满。

"那你看看你姐考了多少？"父亲掏出匡惠的成绩单，在她的眼前晃了晃。

匡雪下意识地瞥了一眼：天啊，匡惠的成绩怎么变了？成了九十五分！

"爸，姐姐她……"匡雪很愤怒。

"她怎么啦？"父亲追问。

匡雪又飞快地盯过去，发现匡惠虽在强打精神佯装镇静，但眼神却已掩饰不住心虚与内疚。

只一瞬，匡雪就陡生怜悯，犹豫了。

"姐姐真的不错。这次她比我考得好，她读书很用功。"匡雪突然改口。

"既然如此，兔子和乌龟赛跑的故事，我还得让你记牢！"父亲咬紧牙关说。

接下来，匡雪挨了父亲的一顿打，但匡雪始终挺住，不哭。

倒是匡惠，跑得远远的，躲在一旁默默地落泪，眼泪就像断了线的珠子。

说来也怪，自此，匡惠俨然换了个人，读书发奋努力，成绩真与匡雪不相上下了。

父亲也一反常态地温厚，不再紧盯成绩单动辄大发雷霆。

光阴荏苒。几年后的高考，匡惠匡雪姐妹俩都考上了大学。那段时间，父亲天天乐得合不拢嘴。

"可是，爸爸——"上大学前夕，匡惠忐忑不安地走近父亲，"有件事的真相我不得不告诉您啊！"

"你想重提那次数学考试？"父亲微微一笑，"还是别说了吧，我知道你悄悄地改了考分！"

匡惠大惊："妹妹告诉您啦？"

父亲赶紧摇头："没有哩！你以为把数字'7'改为'9'改得天衣无缝，我真的看不出来？"

"您是说您当时就发现了？"匡惠脸红。

"是啊！"父亲回答，"退一步来说，即使当时你蒙骗了我，你的成绩出现这么大的异常，事后我也会问问老师的！"

"哦！"匡惠再次脸红。

直到这时，匡惠才知道什么是手足情深，什么叫父爱如山。她被妹妹和父亲的良苦用心深深感动，眼泪禁不住夺眶而出。

（原载于《北方文学》2020年第11期）

祝你生日快乐

芦苇岸和林馥娜在网上聊得正火。忽然,林馥娜问芦苇岸老婆的生日。不问不要紧,一问还真让芦苇岸十分吃惊,妻子白玛的生日已近,就在三天后了。

"问我老婆的生日干吗?"芦苇岸觉得林馥娜真逗。

"就是提醒你——"林馥娜显得很大度,"应该送她一束玫瑰,而且,你最好不要直接出面。"

啊,有意思!打结婚后,芦苇岸就很少记起白玛的生日,更别说送她生日礼物。既然林馥娜提及此事,当然得送玫瑰了,顺便看看白玛的反应了。

白玛生日那天,芦苇岸买了一束很美很雅致的玫瑰,并特意请快递员送到青花中学。

"这束玫瑰真好!可是——是谁让你送来的?"接过玫瑰,白玛在鼻尖下美美地嗅嗅,幸福得像花儿一样。

快递员摇摇头:"我只知道送花者是位男士。他说,您知道他是谁!"说完,快递员头也不回,匆匆走了。

结局一

"听说有人给你送玫瑰啦?"夜晚入睡前,芦苇岸不动声色地试探白玛。

白玛一惊,马上矢口否认:"天方夜谭,压根儿没有的事儿!"

"没有的事儿?你们学校都有人给我通风报信啦!"芦苇岸步步紧逼。

"别人拿你取乐呢!"白玛用纤纤玉指轻点芦苇岸的鼻尖。

"哦,原来是这样!"芦苇岸佯装大悟。

翌日网聊。

"怎么样?你老婆知道生日玫瑰是你送的吗?"林馥娜调皮地问。

"她呀——"芦苇岸十二分伤心,"不仅没有,仿佛还藏着掖着的!"

"何以见得?"林馥娜追问。

"我问她是否有人送她玫瑰,她说没有。我说他们学校有人告诉我了,她说那是别人无事寻欢。你看你看!"

林馥娜像蜜蜂采到了鲜花一样,笑嘻嘻地说:"这就好,这就好哩!"

"还好,好在哪里呀?"芦苇岸心里酸酸地问。

"傻瓜!难道你脑子里就一根筋?"林馥娜嗔怪道,"自己好好想想吧!"

结局二

"听说还有人给你送玫瑰?"夜晚入睡前,芦苇岸故意酸不溜丢地试探白玛。

白玛紧盯芦苇岸片刻，立马拧拧他的耳垂："是你导演的滑稽剧吧？还装模作样、神秘兮兮的！"

芦苇岸嘿嘿地笑着，没提防，白玛闪电般的亲了他一口。

翌日网聊，林馥娜调皮地问："怎么样？你老婆知道玫瑰是谁送的吗？"

"当然！她说除了我还会有谁？说罢，又是轻轻拧我耳垂，又是闪电般的亲我，睡梦中还笑出声来。你看你看！"芦苇岸脱口而答。

"既然如此，"林馥娜沉思道，"咱们还是别再聊了！"

"啊，"芦苇岸一惊，"为啥？"

"因为你老婆心里只有你，她还深深地爱着你！"

"可是，你不也说喜欢我吗？"

"那是一时冲动，没考虑你老婆的感情！"

"考虑了又怎样？"

"爱情是神圣的，婚姻同样是神圣的，我不能因为我的'喜欢'去伤害了你老婆对你的爱，那太自私了。你好好考虑考虑，我们互删了吧……"

结局三

"听说有人给你送玫瑰啦？"夜晚入睡前，芦苇岸不动声色地试探白玛。

白玛一惊，马上矢口否认："天方夜谭，压根儿没有的事！"

"没有的事？你们学校都有人给我通风报信啦！"

"别人拿你取乐呢！"白玛用纤纤玉指轻点芦苇岸的鼻尖。

"哦，原来这样！"芦苇岸佯装大悟。

翌日网聊。

"怎么样?你老婆知道生日玫瑰是你送的吗?"林馥娜调皮地问。

"她呀——"芦苇岸十二分生气,"不仅没有,仿佛还藏着掖着什么!"

"何以见得?"林馥娜追问。

"我问她是否有人送她玫瑰,她说没有。我说她们学校有人告诉我了,她说那是别人无事寻欢。你看你看!"

"哦,原来这样!"林馥娜心中一动,"如果——我是说如果——你老婆真对你不忠,你怎么办?"

"还能怎么办?"芦苇岸异常淡定,"先和她简单沟通,看能否挽救我们的婚姻;如果不行,就……"

"就怎么样?"林馥娜追问。

芦苇岸斩钉截铁:"离婚呗!"

林馥娜一惊:"离婚之后呢?"

"和你结婚!"

"如果——我不想呢?"

"你不会的!"

"何以见得?"

"我们网恋得如火如荼,转正指日可待。"

这时,林馥娜索性话锋一转:"江非,你个王八蛋!"

"你是谁?你怎么知道我的真名?"

"我是白玛。江非,我们离婚!"

(原载于《雨花》2016年第5期,转载于《小说选刊》2018年第8期)

那天夜里

退休后，苏辰龙迫不及待地回到乡下老家。

现在，像他这样的干部大多闲得无聊，往往整天泡在茶楼里、坐在牌桌上。

可苏辰龙不。他别出心裁地做起老家房前屋后的文章，在房前的空地上种花、种草、栽树苗，在屋后的菜园里侍弄起辣椒、茄子、萝卜、白菜……要说侍弄还真不对，他其实是只播种、插苗，其他的都撒手不管。那些辣椒、茄子、萝卜、白菜……想长成什么样就是什么样。菜园里杂草丛生他视而不见，害虫喧嚣他充耳不闻，一副事不关己、高高挂起的模样。

邻居孙担担则不同，他到底是土生土长的老农民。菜园里既没有害虫的踪影，也不见一根杂草露头。满园的蔬菜青枝绿叶、花艳果美，看一下都赏心悦目。

正因如此，每次路过苏辰龙家的菜园，孙担担就禁不住摇头叹息。

他已不止一次地提醒苏辰龙："辰龙啊，你家菜地里要抓紧治虫啊，再不治，白菜、萝卜怕是吃不上了！""你们家的辣椒、茄子怎么长得像侏儒似的，一定没施化肥吧？菜园里的杂草长得比人还高，也不用除草剂清除它们？"

这时候，苏辰龙总是淡然一笑："谢谢孙伯关心，我在做一个实验呢！我倒要看看，不施化肥、不喷农药、不洒除草剂，这些蔬菜到底会长成什么样儿。"

"哦，原来是这样啊！"孙担担皱皱眉，走了。

孙担担心想：这个苏辰龙啊，也不知脑子里少了哪根筋，或许在城里住得一久，就成了书痴、迂腐子！

苏辰龙呢，也望着孙担担离去的背影窃笑道："以为我傻帽儿、我怪是吧？嗨、嗨、嗨，我就是要整得不一般哩！我这个农学院毕业的高才生，虽没当过农民，难道还不懂农业？虽没杀猪宰羊，难道还没看过猪羊怎么走路？"

苏辰龙依然高枕无忧，甚至连菜园子都懒得看一眼了。

这天路过苏辰龙家，孙担担再也憋不住，忽然对他说："辰龙啊，我看你可能不会治虫、不会施肥、不会除草，又不想拉下面子向人学吧？所以啊，前天半夜里，我悄悄溜进你家菜园子，火急火燎地给你家的蔬菜喷了农药、施了化肥、洒了除草剂！"

原想苏辰龙听了会感激涕零的，未料他一下变成了苦瓜脸，孙担担意识到自己一定是做好不讨好了，立马嬉皮笑脸，向苏辰龙解释说："咱乡里乡亲的，帮忙就是帮忙。你放心，这农药、化肥、除草剂虽然都是我家的，但我不会收你一分钱！"

"不，不，不！"苏辰龙赶紧摆手，微笑道，"哪能让你既出力又出钱呢？这钱，我一定要付，我还要谢你！"

"我说过，钱我不会要，我只想知道——"孙担担用心打量一眼苏辰龙，"你这样做究竟是为了什么？"

"很简单，"苏辰龙脱口而答，"种出无毒无公害蔬菜，自己吃，也送给住在城里的六亲四朋！"

"为什么呀？"孙担担进一步问。

"人生几十年，健康最重要！我不差钱，我那些亲朋也不穷。我现在只想行行善积积德，送人玫瑰，手留余香啊！"苏辰龙心照不宣。

"可是——"孙担担又眉头紧锁，"你种不出无毒无公害蔬菜呀！"

苏辰龙一愣："为什么？"

"我只讲一点，大家都在用农药治虫，你不治，周围村子甚至十里八乡的害虫还不都涌进你家的菜园里？你家的蔬菜还不让害虫们吃得精光？"

"这……"苏辰龙呆了。

等他终于回过神来，孙担担已走得无影无踪。

摇摇头，苏辰龙下意识地走进菜园，但见害虫死了一地，杂草全都枯萎，辣椒、茄子、萝卜、白菜……也青葱油绿了！

（原载于《广西文学》2016年第9期，转载于《小小说选刊》2016年第20期）

特殊警务

老太太忽然跌倒在街边。

行人如过江之鲫，但却无人伸出援手。

一小伙儿不假思索，立马奔向老人，迅速将老人扶起。

靠在小伙儿的肩头，老人掏出手机就给儿子打电话。

不一会儿，老人的儿子风风火火地赶来。

"老人家请多保重！既然您的儿子已到，我还有事，得先走了。"小伙儿温和地说。

老人却一把拽住小伙儿的手臂，说："别急嘛，有话好说，再等等。"老人和儿子对了下眼神。

儿子便问老人："妈，您是怎么摔倒的？"

老人下意识地转向小伙儿："怎么摔倒的？还不是他给撞的！"

小伙儿大惊："我撞了您吗？"

老人一口咬定："是啊！"

"如今多一事不如少一事，不是你撞的，你会狗拿耗子，多管闲事？"老人儿子阴阳怪气地说。

"人啊！"小伙儿凄然而笑，"举手之劳，行善积德！不是我撞的，我就不能扶起老人？"

"少啰唆！"老人的儿子憋不住了，"我妈说你撞的就是你撞的！没人能证明你没撞。现在，我妈也不知伤得怎样，你自己说说吧，愿赔多少钱走人？破财免灾，知道破财免灾不？"

老人又冷不丁地倒在地上，"哎哟""哎哟"地呻吟，这里疼那里不舒服地叫喊，一副很难受的模样。

"现在，该你扶了！"小伙儿冲着老人的儿子说。

"不扶！"老人的儿子把头扭向一边。

"不扶就不扶！"小伙儿昂首挺胸道，"要讹我赔钱？实话告诉你们，一分也休想！"

"不赔是吗？那我要揍你了！"老人的儿子凶相毕露，挥拳砸向小伙儿。

小伙儿沉着机灵，顺手抓住他的手腕，将他死死地钳住。

小伙儿的力气实在太大，老人的儿子不敢动弹。

这时，两个巡警从天而降。他们三人一同被带往公安局调查取证。

……

"你怎么证明，你妈就是他撞倒的？"民警先问老人的儿子。

老人的儿子振振有词："我妈说他撞的，就是他撞的！不然，过往的行人都不扶，他干吗要去扶啊？再说，现在有谁能出面证明我妈就不是他撞倒的？"

"如果——"民警提醒老人的儿子，"小伙儿自己能证明呢？"

老人的儿子讥讽道："他可是肇事者呀！你们让肇事者做证人，自己证明自己的清白，天底下有这样可笑的法律吗？"

"一点儿也不可笑！"民警边说边打开电脑，"现在是高科技时代，调查取证的方法多种多样，而且日趋科学。你们来看，我们这里可有老人跌倒前后的全程实况录像……"

老人和老人的儿子目瞪口呆："这是怎么回事？你们这里怎么会有现场实况录像？"

"很简单,"民警指了指小伙儿,"就是他直接用电脑传输过来的!"

"电脑?"老人的儿子一头雾水,"我们没见他用电脑呀!"

"想学聪明点儿,是吧?"民警笑了笑,"他本身就是精密机器人,就是台超高级电脑。他呀,既能用眼快速拍摄现场实况,又能直接通过大脑把实况录像发送给我们。正如发送电子邮件,他的大脑就是电脑哩。"

"他是机器人?"老人和老人的儿子惊问。

"是啊!"民警紧盯他们反问,"难道你们真的看不出?"

他们点头:"是啊,太邪了,还真的看不出!"

"这就好!"民警正告老人和她的儿子,"他不仅是机器人,更是我们的治安民警!"

"这,这,这……"老人和儿子惶恐不已,额头上冒出豆大的汗珠。

……

此后不久,行善积德者反被讹诈勒索的怪事便在当地销声匿迹。

(原载于《啄木鸟》2016年第4期,转载于《微型小说月报》2016年第4期,入选《2016年中国小小说精选》)

啊，太阳

班主任邵永刚预言：半年后参加高考，只要发挥正常，雨馨极有可能考上北大。退一步而言，如果考不上北大，考个"985"重点一本，绝对是手到擒来。雨馨品学兼优，同学们时常投以深深羡慕的眼光。雨馨也憋足劲儿，心里充满星星般的憧憬。

可老天就爱捉弄人。雨馨忽然头痛、恶心、呕吐、气促、心跳加快，还出现多汗、低烧和牙龈出血症状，感觉虚弱乏力，总提不起精神。老师和同学们看雨馨也是一脸苍白、病恹恹的。

万般无奈之下，雨馨只好向学校请假，让父母送自己去医院检查。

结果犹如当头一棒：雨馨竟患上了白血病！白血病就是血癌呀，谁不谈癌色变？好在雨馨的病正处于早期，只要抓紧治疗，不会危及生命。如果奇迹发生，还能治愈呢。

通过父母、医生、学校的宽慰、开导与鼓励，雨馨积极乐观，全力配合院方的化学药物治疗与中医辅助治疗，一段时间过后，病情大为好转。又坚持一段时间的治疗与调养，雨馨竟基本痊愈，可以出院了。

谢天谢地！雨馨喜出望外，恨不得插上翅膀飞回学校，立马潜心投入紧张的复习迎考。因为一个月后，同学们就要迎接期盼已久的高考，为美好的理想奋力一搏了。

雨馨更是心急如焚，痛下决心要争分夺秒，把失去的光阴夺回来，火速补上因住院治病而耽误的课程，尽早赶上甚至超过同学们的复习进度。

心中有一个金色的梦想啊！雨馨咬紧牙关，做好返校迎考的充分准备。

可夜晚一照镜子，她的心就掉进了冰窟窿，她犹豫了、痛心了：过去那瀑布似的秀发已无影无踪，如今光秃秃的像个啥呀！青春期的女孩儿谁不爱美？可如今——如今只能光着头上学读书，多羞，难堪死啦！雨馨在镜子前颤抖。她禁不住流泪了，眼泪像珠子，一颗一颗地砸向地面。

母亲也伤心难过，悄悄将雨馨的期盼与苦恼一并告诉了邵老师。

邵老师大惊。

母亲前脚一走，他后脚就直奔教室。

"同学们，有个秀发飘飘的姑娘，因为突如其来的大病，经过长时间不间断的化疗，现在成了光头。如果——她想返回你们之中，你们能不嫌弃她，并给她关爱和鼓励吗？"邵老师深情地扫视全班，忧心忡忡地问。

同学们一怔。

"是雨馨吧？听说她受了很多的苦，是个坚强的好女孩。我们不会歧视她的！"

"前途是光明的，道路是曲折的。哲学课上，老师您教导过我们，每个人都会遭遇不幸，而友善与关爱就像太阳，能把我们的人生旅途照亮。"

"哦，对了，雨馨治病耽误的课程，我们当千方百计帮她补上！"

"请邵老师放心，同窗共读，情同手足，我们不会让您和雨馨失望，我们知道该怎么做！"

……

同学们你一言我一语，邵老师欣慰地笑了。

可走出教室，邵老师还是放心不下。这些涉世未深的毛孩子，他们会不会逞口舌之快？会不会表里不一？但如果——连自己的学生也信不过，他又能想出什么妙法？既然没有其他选择，他也只能斗胆一试。

于是，邵老师鼓足勇气，毅然拨通了雨馨母亲的电话。

第二天，当邵老师满面春风其实内心忐忑地带领雨馨母女走进教室时，他们一下就愣住了：全班三十多个学生，不论男生女生，竟全部剃成了光头！他们友善地微笑着，教室里，掌声似春风吹拂……

肯定是班干部们整的招儿，这些鬼东西！邵老师欣慰地想。

此时，他看班上三十多个闪亮的光头，每个都像一轮鲜嫩的太阳。

而雨馨母女，也早已热泪盈眶。

（原载于《红豆》2017年第4期，转载于《小说选刊》2017年第6期，入选《语文主题学习·八年级·下册》）

红色收藏

我爱收藏,艺术品、字画,无论是什么类型的藏品,只要是红色系,我就喜欢。为此,我几乎把所有业余时间都搭在了这个爱好上,也乐此不疲地跑了差不多小半个中国。现在,我家两室一厅一百多平方米的房子里,堆满了我的收藏,已经到了难以下脚的地步。我的远大理想,就是要建一座宽敞的红色收藏馆!

我的红色物品从何而来?一是走街串巷到店子里去鉴赏、购买;二是深入乡野民间,四处打探、收集。

这天,朋友又向我通风报信,说城里的白玛老太太家有一个瓷碗。我大喜,赶紧喊了两个行家,风风火火前去认购。

敲门,进屋,大家的目光很职业化地在白老太太家搜寻。白老太太鹤发童颜、精神矍铄,地地道道的大户人家太太。微笑中透露出警惕,春风里暗含着秋霜。

白老太太一边上下打量我们,一边小心询问我们登门有何贵干。我背着双手、昂首挺胸,开门见山地说:"我们就是专程来认购红色物品的。"

"红色物品?"白老太太有点儿狐疑。

"听说您家有一只瓷碗,有人物图像和书法……"

"哦,原来这样!"白老太太松了一口气,赶紧招呼我们在客厅里落座，自己则匆匆地进了里屋。

很快，白老太太找出那个"古色古香"的瓷碗，双手托举着虔诚地递给我。我拿起瓷碗，摸摸、敲敲、看看，问白老太太："多少钱卖？"

白老太太一愣："这年月，难得你们还如此钟爱此物，拿走吧，不要钱！"

我忙说："万万不可！不给钱我能拿走你家东西？这不成了打劫？"

"打劫？小兄弟真是言重。就一个旧瓷碗，你看得起我高兴都来不及，送给你难道犯法？"说到这里，白老太太若有所思，"你们来可有其他事情？"

"没有，没有！"我一怔，又眉头一皱，"您儿子叫什么名字？在哪儿工作？"

"我儿子？"白老太太犹豫了。

见状，我立马申明："我就是随便问问，如若为难，不回答也不要紧。"白老太太就有些拘谨地笑笑。

我好说歹说，白老太太坚决不肯收钱。没法儿，我们只好带上瓷碗，道谢后离去。

临走，望着我陌生的背影，白老太太忽又想起什么："哎，这小兄弟，能留下你的联系电话和住址吗？"

我转身，诧异地望着白老太太。

"是这样的，"白老太太笑笑，"我的熟人如果谁有这等物什，我好打电话告诉你，或者索性叫他给你送去。"

我心头一热，很是感动。不假思索便掏出笔，沙沙沙地给白老太太写字条。

又收了个红色宝贝！路上，我全身轻飘飘的，乐得不行。但一想到这宝贝儿是未花钱得来的，我心里仍然忐忑。

怪呀！非亲非故的，白老太太干吗一定不要钱呢？晚饭后，我坐在沙发上,边看电视边思忖。这时,手机响起。

"谁呀?"我问。

"我是小李。市水利局王局长的司机小李。"

"王局长是谁?"

"白老太太的儿子,您白天不是刚去过她家嘛!"

"哦,……什么事?"我一愣神,以为他是找我要钱的,毕竟是桩买卖,那瓷碗怎能不明不白,白送?心里这样想着,嘴上却说,"我又不认识你们……"

"这个嘛,王局长认定他与您有缘,让我送份礼品给您,说是想和您交个朋友!"

"交朋友?"我大惊失色,心想,有这么唐突地交朋友的吗?

小李急了:"阿华老大,求您行行好吧。您要不收,王局长就不准我返回!我就在您家楼下。"

我虽一头雾水,但心给说软了。

一进门,小李毕恭毕敬,把大堆礼品轻轻放在门边,然后转身欲走。

"来了就是客,坐吧,喝杯热茶暖暖身!"我指指旁边的沙发,留他。

"不啦。"小李腼腆地笑笑,"王局长还在车里等我呢。"然后如释重负,一阵风似的下了楼。

颤抖着清点礼品,六瓶茅台酒,八条软中华,我和老婆目瞪口呆,越想越觉得迷雾重重。

老婆郑重提醒我:"不义之财,赶快退吧!"

我摊开双手,一副无可奈何的模样:"你看人家送礼的犟劲儿,我们退得了吗?"

老婆眉头深锁:"阿华,你就是个生意人,业余喜欢红色收藏,人家如此送礼图你个啥呀？"

一连数日，我也在苦思其中的奥妙，也在考虑怎么退礼、往哪儿退、退给谁好。

这天参加朋友聚会，忽见有人高举一张晚报，上面有一条新闻，写的是市委书记半月前被上级纪委秘密"双规"，现已移交司法机关立案查处！

这个市委书记曾长时间不要单位车接车送，坚持自己骑自行车上下班；每每开反腐败工作大会，总是谆谆教育领导干部，一定要学荷花，出淤泥而不染。拍桌打椅怒吼，决不让腐败分子有藏身之地；还意味深长地把县（区）委书记们带进省监狱，现场开展过警示教育……

我回家把这事和老婆说了，老婆一拍大腿说："莫非王局长和他的老妈高度敏感，怀疑你是纪检部门的'内线'，打着'红色收藏'的幌子，在悄悄查他的老底？因此……"

我张大了嘴巴，眼球差点儿鼓出来。

（原载于《小说月刊》2018年第12期）

扶贫问题

本性

李海城又翻山越岭,来到他的精准扶贫对象朱黑枣家。朱黑枣是那种一人吃饱、全家不饿的人。

简短寒暄过后,李海城掏出两千元钱,准备捐给朱黑枣。

"请问,这钱是公款还是私款?或者说,是单位上出的还是你个人出的?"朱黑枣平静如水地问。

李海城一笑:"放心,是单位上出的,公款哦!"

"既然是单位上出的,是公款,那我不会感谢你!"朱黑枣表情冷淡。

李海城愣了:"为什么?"

朱黑枣脱口而出:"因为有了这笔钱,我肯定要去餐馆里酒肉一顿,之后,请村里最漂亮的香秀赶集去,若还有余钱的话,就到牌桌上赌它一把。钱仍未花光,便再去吃喝,找香秀,玩牌,直至分文不剩。这样,我反倒很累,很伤身体。"

"你干吗这样?"李海城大惑不解。

"没钱时,安心过穷日子,我不会有奢望;而一旦有钱,迷恋起花花世界,我便不能自已。我这人就这毛病,治不了呢!"朱黑枣坦言。

这时,李海城眼珠一转:"我在跟你开玩笑哩,其实,这钱是我个人捐给你的,私款啊!"

朱黑枣却摇头笑笑："你可以这么哄我，但我不会相信的。要真是这样，我得感谢你。但有了这笔钱，我还是会海吃海喝，还是会花心，会进赌场，直至很快把钱用光。江山易改，本性难移。没法子，我这人就这德行！"

李海城木了，只觉得两眼发黑。

需要

县长风风火火地来到山旮旯里一家贫困户。

县长问："需要我们帮你解决什么问题？"

贫困户望着县长，半晌不吭声。

县长急了，问："需要给你钱吗？"

贫困户摇头。

"需要给你几头牛羊？"

贫困户又摇了摇头。

"需要教你一门手艺或技术？"

贫困户继续摇头。

"需要送你外出打工？"

还是摇头。

……

"那你到底需要什么？"

"我……我需要一个老婆……"贫困户最终说出了心声。

"这个问题嘛……"县长难为情地说，"只能靠你自力更生啊……"

（原载于《芒种》2019年第8期，转载于《小小说选刊》2020年第3期）

新新乞丐

公交车上来个衣衫褴褛的乞丐。歪着眼,斜着嘴,瘸着腿,口吐白沫,走路一拐一拐的。

"可怜可怜我吧,我想回桃源老家,我只需三十元路费。"他筛糠似的颤抖着,哭丧着脸说。

车内一下静极,不少人把目光投向他,但就是无人掏腰包。

"可怜可怜我吧,我想回桃源老家,我只需三十元路费。"他又一把鼻涕,一把眼泪地哀求。

有位耄耋老人憋不住了。"骗子,还要不要脸啊?瞧你在车上故技重演过多少次?难道你不停地来常德,又不停地回桃源,每次就差三十元路费?"他诘问。

"连说谎都不会!"一个老太太气呼呼地接过话茬儿,"大家可千万别给他钱,一个子儿都不能给。我看他行骗很多次了,要钱不要脸!"

这时,乞丐就冷不丁扑通一声跪在那位耄耋老人面前:"我给你磕头作揖了,你就发发善心,行行好吧!"说着,还真在老人膝下磕起头来,每次都磕得山响。

那位耄耋老人烦了,睥睨他一眼,索性把目光摆到窗外。

"别磕了,磕破头皮也没用。谁不认识你啊?还是赶紧下车吧!"那个老太太阴沉着脸说。

乞丐的脸抽搐了一下，又挣扎着从地上爬起来，一拐一拐地挪到老太太面前，也扑通一声跪下："我给你磕头作揖了，求求你闭上嘴，慈悲为怀！"说着，又在老太太膝下，把头磕得山响。

老太太仍乜视着他，一脸鄙夷的表情。

"那我给你连磕七十个响头！你若能发善念，就给我几个子儿；你若铁石心肠，阎王爷看不下去，也会叫你活不过八月十五！"乞丐一边苦求，一边诅咒。

"滚，滚，滚！"老太太扬起拳头，咬牙切齿地怒吼。

看来是动了恻隐之心，有位中年妇女小心翼翼地掏出五元钱。"拿去吧！"她把钱递给乞丐后，也将头扭向窗外。

"谢谢美女！谢谢美女！菩萨有眼，美女发财！"

乞丐颤抖着接过钱，又转向那位耄耋老人，扑通一声跪下，边磕头边哀求："可怜可怜我吧，我想回桃源老家，我只需三十元路费。"

"钱就是你爹！"那位耄耋老人大骂，眼珠子都快瞪出来了。

"老不死的，你活不过八月十五！"乞丐也暴跳如雷地吼叫。

"行了行了，你可以下车了！"车上许多人看不下去，都说。

"我给你们磕头作揖……"乞丐哭丧着脸。

"好了好了，都不欢迎你，还是下车吧！"司机也劝乞丐。刚好公交车开到了一个停靠站。

乞丐可怜巴巴地扫视一遍车内，见车上乘客都很冷漠，只好满脸不悦，一瘸一拐地下车。

等上来几个乘客后，公交车又继续前行。

"这位女同志，你的心太好了，可他真是个骗子！"那个老太太提醒掏过钱的女乘客，"起初，看他很可怜，我也施舍过他。心想，几块钱没什么，还可帮帮人家。可每次见他都这副德行，我心里就倒胃，想呕！"

"我是看他怪可怜的，头皮都要磕破了，就给他几个子儿，想让他快点儿下车。"中年妇女笑着解释。

"你觉得他可怜？可他好吃懒做，是个中年汉子，化装成老人的！"一位老大爷下意识地说，"有天，我不经意间发现，他'下班'后，就在体育馆旁边卸装，换衣服。卸了装，换了衣服，再西装革履，开着小轿车，一溜烟地回家。妈呀，我看得太清楚了，他那身子骨啊，打得老虎死哩！"

"啊？还有这种事？"很多人诧异。

"真有呢！"一个中年妇女接着说，"那天我目睹他躺倒在大街上，硬是拦住我们乘坐的公交车，逼司机给他掏钱。当时，他也是现在这副可怜相。满车的人干着急，大家都各有各的事。就有几个乘客主动下车劝他。讲一大堆好话不管用，忽然有人高喊：'谁阻碍公共交通啊？警察来抓人了，大家按住他！'听说警察来了，他一骨碌从地上爬起，撒开两腿就跑，逃得比兔子还快！"

"唉，唉，唉，现在的人啊，为了钱，什么不要脸的主意都想得出！"车上有人感叹。

"真是不可理喻！"有位老头儿又道出新闻，"听说乞讨都成一门快速致富的职业了，现在人还不少哩！他们有微信，也建QQ群，经常在微信和QQ群里交流乞讨捷径，一些人靠乞讨盖起小洋楼，买了豪华车！"

"的确这样呢！"一位中年妇女补充说，"好像经过专业培训一样，专找人多的地方乞讨。情报也很准，哪里搞什么活动、哪儿开什么大会，他们都一清二楚，总是提前几分钟到，到了就忙不迭地乞讨。等活动或会议要开始了，才四散而去，奔向下一个目的地！"

唉，唉，唉，这些新新乞丐！

（原载于《湘江文艺》2018 年第 6 期）

抢劫

走进这家小超市,他径直前往刀具区,挑选了一把很锋利的刀。

"买刀具要登记身份的。先生,请出示你的身份证。"当他来到收银台,店老板提醒他。

"身份登记?"他一边笑笑,一边小心试试刀刃,"如果——我要抢劫呢?"

"抢劫?"店老板笑道,"瞧你文质彬彬的,别开国际玩笑。"

"什么,你说我开玩笑?"他的脸忽然一黑,"老子今天还就要抢劫了,你要识相,就把收银机里的钱全给我。否则,别怪这把钢刀要在这里见血!"他瞪着店老板,手指敲得刀面叮当作响。

店老板心头一紧,仍然尴尬地笑笑:"这……这位兄弟,千万别把玩笑开大哦。"

"谁和你开玩笑啦?"他索性向店老板扬起亮闪闪的刀,"快把钱都拿出来!"

看他确已两眼凶光、面目狰狞,店老板慌了。

"大哥息怒,好说好说……"店老板哆嗦着双手,赶紧打开收银机,把里面的一千八百元钱拿出来给他。

他接过钱揣进口袋,似笑非笑地说:"店老板,你快报警吧,叫警察来抓我!"

"报警?"店老板觉得更加恐惧了,"大哥,你这又是什么意思啊?"

"快点儿!"他的脸陡然阴沉,"报还是不报?"

"大哥,你别试探我,我不会报警的。"店老板几乎在哀求,"就当资助你一次,快走吧,我绝对保证你的安全!"

"不行!我就在这里等着,你必须报警!"他用刀尖抵着店老板的胸口。

店老板无奈,只得拿起手机,给派出所打电话。

警察火速赶到。警察一到,他二话不说,放下刀就向他们投降。同时,掏出刚抢的一千八百元钱,立马将其还给店老板。

(一)

"说吧,为什么抢劫?"在派出所讯问室里,警察声色俱厉地问。

他却从容不迫:"最近我失业了,老婆又和我离了婚,心情愤懑,万念俱灰……"

警察皱眉:"那——抢劫后为什么不逃,还逼着店老板报警!"

"因为——只有这样,你们才能顺利抓获我,我才能早点儿进号子吃牢饭。再说,我压根儿不想要店老板的钱!"他如实招供。

"为糊口,你干什么不好?"警察哭笑不得。

"我只想做条寄生虫,不劳而获!"

"先刑事拘留你,送你进看守所!"警察正告他。

"然后呢?"他迫不及待地问。

"等待法院判决,"警察盯着他,"你不是想蹲监狱吗?你会如愿以偿的!"

"好,这就好!"他灿烂地笑了,"能告诉我,会在牢里住多久吗?"

"这要看法院的判决,"警察思忖道,"像你这种情况构成的抢劫罪，应判三年以上有期徒刑。但你有自首情节，可减轻处罚，因此，会判三年以下吧！"

"三年以下？这怎么行啊？"他十二分失望，"我煞费苦心地抢劫，是为了坐穿牢底，后半生只吃牢饭！"

"你？"警察不解地看着他。

他扑通一声跪下："警察同志，你就行行好，成人之美，让法院判我无期徒刑吧！"

"不行，"警察斩钉截铁地说，"判你多长刑期，法院会依法判处！"

"那你就不能想办法帮帮我，使法院重判我，判得越重越好吗？"他眼巴巴地望着警察。

"你呀，"警察教训道，"法不容情，我们是执法者，只能依法办事，严格执法！"

"天啊！"他霎时泪如泉涌，一下子瘫软在地。

（二）

"说吧，为什么这样做？"在派出所讯问室里，警察声色俱厉地问。

他却从容不迫："最近我失业了，老婆又和我离了婚，心情愤懑，想狠狠发泄一番。"

"可你付出的代价实在太大了！"警察为之叹息。

"什么意思？"他嗅出气氛不对，赶紧问。

警察正告道："你这种情况已构成抢劫罪，应判三年以上有期徒刑。虽然你有自首情节，可减轻处罚，但也会判三年以下吧！"

"怎么要判刑啊？"他立马慌了，"我只想演一出戏让老婆回心转意，并非真要抢劫。店老板的钱在我口袋里还未焐热，我不是就主动还给他了吗？再说，我也压根儿没逃跑啊！"

"还真是个法盲!有些戏是随便就能演的吗?你的所作所为从法理上看,已构成抢劫!"警察盯着他说。

"那我现在咋办?"他小心试探。

"还能咋办?先送你进看守所,再等法院判决。不论刑期长短,准备蹲监狱吧!"警察直截了当。

他感到事态很严重,赶紧扑通一声跪下:"警察同志,你就行行好,帮帮我,别让我坐牢啊!吃一堑,长一智,我知道错了,下不为例!"

"晚了,你的行为已构成犯罪。"警察教训道,"法不容情,我们是执法者,只能依法办事,严格执法!"

"天啊!"他霎时泪如泉涌,一下子瘫软在地。

(原载于《小说月刊》2017 年第 12 期,转载于《微型小说选刊》2018 年第 3 期)

笑

似乎天天有喜事，无论遇上谁，墨局长都是一脸的明媚、一脸的笑意。让人感到，他总是很乐观、很亲切的。

可前不久去了趟华山，回来后，墨局长就像变了个人。人们对他也陌生了。

局里开会听取仲、车、鲍三位副局长的工作汇报。走进会议室，墨局长就未张嘴，只平静地对各位点点头；听汇报时，一直是手握着笔，在笔记本上沙沙沙地记个不停，也没有开口；待听完汇报要进行工作指示了，才用左手轻轻捂着嘴，右手小心比画着，认真而谨慎地讲话。会上，墨局长脸上始终没有笑容。而以往，他都是谈笑风生，很幽默、很诙谐的。

仲、车、鲍三位副局长禁不住惶恐，就联想是不是墨局长外出期间，他们的工作没有做好？尤其仲副局长，他是常务副局长，那段时间，局里的工作由他主持。工作没做好，他要负主责。想到这里，仲副局长额上沁出汗滴，有些如坐针毡。可自己的工作又有哪些错失？他苦苦地想，是不是墨局长的亲信悄悄向墨局长打了小报告？

办公室千主任是墨局长的亲信。过去墨局长对千主任的笑，就像一位慈父疼爱儿子的笑，秋阳般生动温暖。可自打华山归来，在局机关第一次碰到墨局长，千主任毕恭毕敬、满面春风地向他打招呼，墨局长依然没有笑，只平静地点点头，就匆匆进办公室了。千主任本想找墨局长汇报工作，已经小心翼翼跟到墨局长的门前，却若有所思地转身离去。他想：墨局长是不是听信了小人的谗言，要疏远自己了？

　　回到家，见过老婆，墨局长仍然没有露出久违的笑。只是用左手轻轻捂着嘴，轻轻地说了声"老婆你辛苦了"，就径直进了书房。老婆心思敏感：这老公不是在外面拈花惹草、另有新欢了吧？要不，就是工作上遇到麻烦、走了麦城？

　　女儿看到墨局长风尘仆仆的模样，冲着他甜甜地、脆脆地喊"爸爸"。墨局长也只用左手轻轻捂着嘴，"嗯"地应了声，没有像往日慈祥地笑笑，就忙自己的去了。女儿好生奇怪：爸爸会不会生病了，身体感觉不舒服啊？

　　……

　　墨局长不笑了，许多人疑窦顿生，惶惶不可终日。

　　直到有一天，上级领导来局里检查工作。墨局长带全局班子成员在大门口迎接，虽然毕恭毕敬，脸上带着亲切感，但墨局长仍旧没有笑，说话也总是用左手轻轻捂着嘴。上级领导的脸色当时就不好了。"墨局长，你今天怎么啦？不像往常，脸上丁点儿笑容也没有！是我们患有呼吸道传染病，还是你内心里不欢迎我们检查啊？"话说到这儿，墨局长再也招架不住了。墨局长羞涩地笑笑，这才指指张开的嘴，腼腆地向上级领导报告说："对不起，领导，我的一颗门牙掉了，难看！""哦，是这样！"上级领导一愣，"门牙怎么会掉的？" "在华山摔了一跤，就……"墨局长的脸像石榴花一样红了，又不好意思地笑笑。

　　墨局长笑了！自此，所有的人都如释重负，长长地嘘了口气；所有的人又都在心里深深地抱怨："墨局长啊墨局长，你为什么不早……"

　　（原载于 2008 年 12 月 16 日《新课程报·语文导刊》，转载于《小说选刊》2018 年第 8 期，入选《亚特兰大孔子学院 2019 年春季阅读教材》）

春风化雨

黄昏时分,小偷正在三楼一户人家翻箱倒柜地寻找钱财,忽然,传来清脆的开门声,业主和他的妻子刚回到家中。

小偷一愣,赶紧蛇似的溜向阳台,然后纵身一跃,跳到二楼一家的阳台上。小偷的脚有些痛,但他忍住了,又纵身一跃,跳至一楼的空地。这下,小偷的脚疼痛难忍,脚踝已严重扭伤。可小偷不敢停顿,又咬紧牙关,跌跌撞撞地奔向小区的出口。

小偷不慎掉进水池。待他费力地爬上岸来,两个保安已凛然挡住他的出路。他们是从监控里发现异常情况后立马赶来的。

"刚才你都做了啥呀?"一个保安盯着小偷询问。另一个保安则抓紧给派出所打电话。

"我……我什么也没做,来这儿只为……找朋友啊!"小偷沉着应答。

"找朋友?你朋友叫啥名字?"保安冷笑。

"哎哟,我的脚痛得厉害,你们还是……"小偷顾左右而言他。

看热闹的居民越聚越多,派出所民警也火速赶到。

民警威严地打量着小偷:"你来这里干什么?"

小偷面不改色:"找朋友玩儿呗!"

"你朋友叫什么名字?"民警审视着小偷的眼睛。

"哎哟、哎哟，"小偷哀号起来，一边小心揉搓自己的脚踝，"我的脚痛得……"

"别耍伎俩啦，你这个小偷！"站在一旁的保安憋不住了。

"对，他就是小偷！"有人也跟着大喊。

"我……我不是……我……"小偷一副委屈的模样。

小偷正想为自己辩解，三楼业主和他的妻子已拨开人群，径直来到他的面前。

业主圆睁怒目，攥紧拳头，咋咋呼呼的，欲当众狠揍可恶的小偷。妻子却及时拽住他，叫他少安毋躁，然后微笑着走向小偷，缓缓蹲下身去，查看小偷的脚踝，果真青紫一片，肿了起来。

妻子对小偷说："你等等，我给你拿药去。"

说话间妻子一路小跑上了楼，又一路小跑下楼来到小偷跟前，弯腰为小偷上药、按摩受伤的脚踝。

在众人惊讶的神情里，她始终春风满面，小偷却满脸通红，满头是汗。她一边温柔地拿捏按摩，一边轻言细语地开导。

"小兄弟，你还这么年轻，做什么不能养活自己呢？我相信你一定遇上了窘境，是被逼无奈，有难言之隐吧？"说着，她掏出五百元钱塞给小偷，"拿着吧，小兄弟，虽不多，也许能给你救救急！"

这一幕大出小偷所料。小偷羞愧难当，感动得抱头痛哭："你们不要问了，我就是小偷，我愿如实招供！"小偷就这样老老实实地跟着民警去了派出所。

经讯问，这次之所以入室偷盗，是因为他刚来这座新的城市，人生地不熟，一时半会儿找不到打工的地方，口袋里没有了生活费，情急之下……

"你看你，以后还偷吗？"民警责问。

小偷眼泪汪汪地发誓："以后决不偷了！再偷，我对不起一个女人的宽厚和善良；再偷，我还是人吗?"

民警十分欣慰，当即请保安把小偷的话转告业主。

"真行啊你，把一个小偷都调教好了!"业主赞美其妻。

妻子眼睛一亮："是吗?"

"当然，告诉我你当时是怎么想的?"

"教训他只能出口恶气，而且，你揍他可能还违法呢!我们以德报怨，通过春风化雨来感化他，也可能减少一个小偷，岂不是更好?"妻子微笑着又有点儿小得意地说。

"聪明不过我妻。"业主感叹。

（原载于《天津文学》2019年第5期，转载于《微型小说选刊》2019年第8期）

两记响亮的耳光

朋友们聚餐。要结束时,张灿然起身喊服务员结账。

"不好意思,我结过了。"王一禾冲他笑笑。

张灿然一愣:"你什么时候结的?花了多少钱?"

"聚餐结束前,你们都不在意时。至于花了多少钱,朋友之间,还谈这个?"王一禾又笑笑。

张灿然的脸立刻就阴了,闷头闷脑走过去,啪!啪!正一巴掌,反一巴掌,扇了王一禾两记响亮的耳光。

王一禾蒙了。朋友们也目瞪口呆。

很快,朋友们就围过去,七手八脚地拉开了张灿然。

"灿然,人家抢先结账是热情好客,你干吗还打他?"有人责问。

"是啊,别人送人情你不领也罢,怎能恩将仇报?今天怎么说都是你的不对,你得向一禾道歉!"有人好言相劝。

"什么?我不对?"张灿然的脸黑黑的,"他这样看不起人,我还要向他道歉?"

"他怎么是看不起人?"

"难道——就他一人大款?我们都穷,没钱付账?"

"你,你,你……"朋友们摇头。

"我怎么啦?打他那是教训他,让他长记性,为他好,还拿他当朋友!"张灿然振振有词,拂袖而去。

朋友们愕然,只得劝王一禾"宰相肚里能撑船"。

不久,又是这拨人聚餐。聚餐完,王一禾一声不响地走了,朋友们也纷纷离席,只把张灿然留在包房。

"服务员,多少钱?"张灿然摆出一副大老板的派头。

"三千五百八十元!"服务员应声递上账单。

张灿然准备付款。可翻遍钱包和全身的口袋,也只找出八百四十元。

"这,这,这……"张灿然尴尬不已。

服务员却像棵大树,稳稳地伫立在他面前。

无奈之下,张灿然只好给老婆打电话。

老婆气呼呼地赶来:"猪,没钱逞什么能?"

张灿然把头一低:"人要面子树要皮呗!"

"面子?"老婆狠狠地瞪他一眼,"面子值几个钱?面子能当饭吃?"

"这个嘛,"张灿然嗫嚅道,"我实在没想到,他们都会扔下我开溜!"

"不开溜才怪!"老婆白了他一眼,"上次,王一禾抢先买单,你还出手打他,难道——就你一个大款?就你会逞能?"

"我,我,我……"张灿然弱弱地说,"我没想到——这次会花——这么多钱!"

"你,你,你……"老婆瞪着他吼,"你不参加这次聚餐就会死人?"

"这个嘛……"

"蠢蛋!"老婆跺着脚骂,"钱多得漫出来啦,那你赶紧付呀!"

这时,张灿然彻底尿了,又啪啪左一巴掌,右一巴掌,狠狠地扇了自己两记响亮的耳光。

目睹张灿然的狼狈相，老婆终于憋不住，扑哧一声，笑了。

原来，张灿然准备了聚餐后买单的四千元钱，老婆却在他出发前，悄悄从其钱包里"偷"出了三千多元……

（原载于《小说月刊》2017年第8期，转载于《微型小说选刊》2017年第28期）

自动扶贫

考上全国重点大学，本是件大喜事，可黄鹤林却因此忧心忡忡。黄鹤林的老家在贫困山区，父母体弱多病，家里不仅没有积蓄还负债累累，这大学可怎么读啊？

黄鹤林想打退堂鼓，父母坚决不同意。"考上重点大学太不容易，而且只有读完大学你才能在城里找一份好工作，过上好生活。所以，这大学一定要读，必须读！即使去银行贷款也要读！"他们咬紧牙关说。

大一第一学期，黄鹤林的学费还真是用银行贷款交的。他是个善良且懂事的孩子，暗下决心再苦再累再难也要熬到大学毕业，以便找到工作后尽力还贷，好好孝敬父母。

因此，生活上黄鹤林总是最大限度地节俭，能不买的东西绝对不买，能不花的钱坚决不花。餐费也抠得很紧，每天早餐只吃两根油条、喝一杯豆奶，花费一元二角；午餐和晚餐则强迫自己仅打半份菜，费用都控制在两元以内；下晚自习后，如果不是特别饿，他不会吃一星半点儿食物，实在撑不住了，才去学校食堂买个茶叶蛋充充饥。这样，黄鹤林每天的生活费用都控制在六元以内，大一第一学期的第一个月，他只用了一百七十三元生活费。

黄鹤林很欣慰。他觉得这个办法切实可行，准备以后每个月都这样硬扛。

未料第二个月的头一天,校园一卡通管理中心给他发来邮件,通知他立刻去领三百六十元生活补助款。

看罢邮件,黄鹤林既惊喜又一头雾水:我可从没向任何人透露自己的家庭困境,也压根儿未向学校申请贫困生资助,这天上怎么会掉馅儿饼呢?会不会是管理中心发错了邮件?或是自己遇上了骗子?

思来想去,黄鹤林还是决定去解开这个谜。

"您好,我是生命科学学院生物技术专业大一新生黄鹤林,请问,是你们发邮件通知我来领取生活补助款的吗?"来到管理中心,黄鹤林小心试探。

"是啊!"工作人员点头,"请你在这张困难学生生活补助发放表上签个名吧。"

黄鹤林一愣:"我怎么是困难学生?我从没对任何人说过我有什么困难呀?"

"你上个月的生活费用仅一百七十三元,是吗?"工作人员反问。

黄鹤林怔了:"是啊,你们怎么知道的?"

"是这样,你就餐时,每次用校园一卡通刷卡,我们这边的电脑都会自动记录和统计。"工作人员向他解释。

黄鹤林还是不解:"即便如此,我也并未向学校申请生活补助啊,怎么……"

工作人员微微一笑:"这事无须申请。按照学校的新规定,不管哪个学生,只要每月餐费少于二百元,我们这里就会自动为其安排生活补助款!"

"为什么呀?"黄鹤林好奇地问。

"这第一嘛,中央要求全社会深入开展精准扶贫,落实中央的方针政策,我们大学同样责无旁贷。第二,考虑到有的学生自尊自爱自强,即使生活困难也不会主动向学校申请困难补助,为了让他们秘密而体面地享受到学校的爱心扶持,我们就在电脑里设置了相关程序,通过电脑自动……"工作人员耐心回答。

"无一例外吗?"

"当然!"

黄鹤林的心头温暖如春,两颗豆大的泪珠悄无声息地从他的眼角滚落。

(原载于《时代文学》2017年第11期,转载于《微型小说选刊》2018年第1期)

这个故事我不写不快

同学聚会时，唐亚琼讲了一个亲身经历的故事——

那天在亲戚家吃过晚饭，她和母亲一同步行回家，边走边欣赏香港的美丽夜景。因为亲戚已答应借钱给母亲为父亲治病，娘儿俩心情还算好。

哪想拐进一条小胡同不久，她们就遭遇了两个歹徒，其中一个手提尖刀，另一个举着木棒，都是一副杀气腾腾的模样。

路上再无其他行人，唐亚琼惊慌失措，母亲却镇定自若，扯扯她的衣角，轻声说："别害怕，咱们命里注定会有的劫难，想逃也逃不掉的。"

听了母亲的话，唐亚琼还是很紧张。

"你们听着，我们只抢钱，不要命，也不劫色。识趣的话，就留下钱走人！"拿刀的用刀尖指着她们，拿棒的则在一旁虎视眈眈。

唐亚琼从没见过这种阵势，吓得连话都说不出来了。母亲仍然面不改色，像堵墙一样挡在她的前头。

母亲平静地问："年轻人，你俩干什么挣不到钱，非要抹黑脸，上街抢劫呢？"

"有什么办法呀？"拿棒的说，"黑心老板扔下厂子跑了，辛苦一年的血汗钱没了，咱们也没脸回家过年了！"

"你们总比我们有钱。我们现在有家不能回，不抢你们抢谁?"拿刀的接过话茬儿，"要怪，就怪你俩运气不好。别啰唆了，快点儿拿钱，我们只谋财不害命!"

母亲毅然掏出口袋里仅有的七百元港币，缓缓举起，仍是轻言细语地说："年轻人，既然你们确实有难，不抢总可以吧?"

"不抢?"拿棒的一愣，"不抢，你们会心甘情愿给钱?"

"当然!"母亲点头。

"那你直接给我们不就得了!"拿刀的又说。

"不行!"母亲摇头，"只有收到借条这钱才能给你们。"

"为什么?"拿棒的追问。

"因为……"母亲盯着他们，停顿了一下说，"抢劫犯罪，即使你们能侥幸逃过法律的惩处，你们身上的污点也一辈子清除不了。"

"这个……"拿刀的手抖动了一下。

母亲察言观色，接着说："如果是借钱给你们，就成了我们之间正常的经济往来。等你们以后有钱了，想什么时候还就什么时候还。"

"这……"两个歹徒依然犹豫，他们担心母亲有诈。

母亲也不多说，很快从背包里摸出纸和笔，就着小胡同里昏暗的灯光，沙沙沙地写借条。借条上留下了母亲的签名和联系方式。

写好借条，母亲微笑着把它和笔递过去，让他们在借款人处签字。

"你是不是想套取把柄，再向司法机关举报咱们?"拿棒的机警地问。

母亲扑哧一声笑了："年轻人，你们还不放心我，怀疑我会告发你们?那这样吧，借款人这一栏随你们签不签，这个借条给你们收着总行吧?"

拿棒的从母亲手中接过借条，顺手往口袋里一塞。

母亲将钱递给拿刀的。

钱已到手，二人转身就跑，很快消失在小巷的深处。

唐亚琼和母亲继续走在回家的路上。

"真是祸不单行啊！"唐亚琼抱怨，"爸爸病了这么久，家里本来就没什么钱了，可今晚……"

"那两个人也是走投无路吧。"母亲还是心平气和。

"可是，"唐亚琼忧心忡忡道，"他们会还钱吗？"

"不知道。"母亲摇头。

"那要他们打借条干吗？"唐亚琼不解。

"让他们有借款意识！"母亲笑笑，"如果他们良心未泯，有钱了肯定会还钱；如果他们没良心，咱们也算仁至义尽。再说，让他们拿钱时感到安全，他们才不会因一时冲动而伤害咱俩啊！"

唐亚琼点点头："妈说得对，只是——您这样做了，反而让他们违法犯罪不用承担后果？"

"你要这么看，"母亲说："第一，通过咱们说服教育，他俩已办好借款手续。事情的性质因此发生逆转，他们的所作所为不构成违法犯罪了。第二，普法和执法的最终目的，还是要教人遵法守法、向善向上啊！"

唐亚琼朝母亲竖起大拇指。

半年后，母亲就收到了一张金额为一千三百元港币的汇款单，汇款单附言栏上写有借款人的姓名、借款的时间和地点，以及一句话说明：多出的六百元，是利息和答谢款……

这个故事也让我不写不快，于是就唰唰唰地写下来了。

（原载于《湖南文学》2017年第7期，转载于《小说选刊》2017年第10期，入选《2017年中国微型小说排行榜》）

力量

饭桌上,股民甲一副痛不欲生的模样:2015年炒股,年初他轻而易举赚了五十万元,哪想半年后,他不仅一分未赚,还倒亏了七十万元!有段时间,从噩梦中醒来,他的眼泪总不由自主、吧嗒吧嗒地往下掉,可现在,眼泪都流干了,他是欲哭无泪啊!

饭桌上的气氛骤冷。

为了安慰股民甲,朋友乙想了想说:"股市风云变幻,说不定明年上半年,你那股又会出现牛市,你甚至能大赚七十万元哩!"

股民甲苦笑,摇头。

朋友丙望了一眼股民甲,继续安慰他道:"我听人说,只要你敢于放长线,从此任凭风浪起,再不盯股市了,若干年后,你绝对稳赚!"

"若干年后?"股民甲仍旧摇头,苦笑。

"那——"朋友丁察言观色,"既然你已进入股市,炒股就是赌博,赌博就有输赢,你就得做好心理准备,只能坦然面对股市涨跌。"

"兄弟,这话说说挺容易,可我实在做不到啊!"股民甲嗟叹。

沉默,短暂的沉默。

沉默过后,股民乙忽然抬起头来,冲着股民甲说:"我的哥啊,你那算个啥呀,我炒股都大亏一百二十万了,谁听到我唉声叹气过?"

"没有!你不说我们还真不知你也炒股,还亏大了!"满桌的人几乎异口同声。

"是吧？我现在还不活得好好的！"股民乙俨然一位导师，"股市上有句行话，以时间换空间。只要你挺住，坚决不抽腿，总有一天你会起死回生，赚得盆满钵满！"

"真的？"股民甲一下挺直了腰板。

"真的！"股民乙掷地有声，"坚持就是胜利！"

"是啊，坚持就是胜利！"满桌的人都大喊。

股民甲的眼睛这才亮了。

所有人也都从座位上站起，高高地举起了酒杯。

饭后，朋友丁悄悄地问股民乙："你真的也炒股？"

股民乙点头："真的！"

"那你真的大亏了一百二十万？"

"没有哩，不仅未亏，还赚了六十万！"

"难怪，难怪！"朋友丁大悟。

两人相视一笑。

（原载于《小说月刊》2016年第4期，转载于《微型小说月报》2016年第5期）

鹿战

不知道是哪个年代的故事了，反正当时诸侯割据，群雄鼎立。时间一长，各诸侯国有盛有衰，其中北方的齐国与南方的楚国势均力敌，齐王与楚王都成为当世两大霸主。齐王是个有野心的人，他一心想独霸天下。要称霸必须除楚，但楚国军事力量强大，想用武力征服，并无胜算把握。为此，齐王常常食不甘味，夜不能寐，长了一嘴的燎泡。

有一次，齐王与大臣仲渊闲聊，聊着聊着就聊到了齐楚关系上。齐王说："齐楚之战是迟早的事。他楚国战将如云、军力强悍，两国开战，还不知鹿死谁手。你智谋过人，可有良策？"

"孙子兵法上说，不战而屈人之兵，善之善者也。"仲渊献策说，"大王，您就高价收购楚国特产的鹿吧？"

"高价收购楚国特产的鹿？"齐王大吃一惊，"此招管用？"

"大王放心，管用！"

仲渊是名相，谋略过人，深得齐王信赖。齐王虽心存疑惑，见仲渊胸有成竹，便依计行事。

听说齐国要高价收购楚国的活鹿，这可乐坏了楚王。他迫不及待地招来宰相敖安，眉飞色舞地说："钱这东西人人喜欢，也是国家生存和发展必需的。而活鹿，楚国多如牛毛。退一万步而言，即使压根儿没有也无所谓，此物不过是禽兽耳。现在，齐国高价收购活鹿，这是楚国的福音、福音啊！齐王这个大傻帽儿心甘情愿地让我们占便宜，此乃天赐良机！你赶紧发布命令，动员全国各地火速猎捕活鹿吧！我们一定要尽快把齐国人的钱都赚进楚国人的口袋，赚得满满当当的！你看呢？"敖安听后连连点头、随声附和。

很快，楚国大地风起云涌，掀起捕捉活鹿的高潮。

目睹一批接一批的楚国人送来一群又一群的活鹿，仲渊窃喜。

"大王，您再赏赐赏赐捕鹿有功的楚国人吧？"仲渊又向齐王进言。

"赏赐？我们已经是天价收购啦！"齐王大愣，"为什么还要加赏赐？"

"要加赏赐。凡一次向齐国出售二十只活鹿者，赏银十两；一次出售两百只者，赏银一百两……"仲渊掷地有声地说，却并不解释缘由。

齐王欲言又止，心想：仲渊啊仲渊，你这葫芦里到底卖的什么药？

虽然心中不解，齐王还是表现得很慷慨："好，依丞相所言，给楚人赏赐！"

于是，接踵而至的楚国人押着一群又一群的活鹿风风火火急赴齐国，之后领了赏银的楚国人又招摇过市返回楚国。

楚国沸腾了！无论男女老少，无论官员百姓，皆激情燃烧，倾巢出动。皇亲国戚、公子王孙也跃跃欲试，一窝蜂地进山捕鹿。漫山遍野都是鹿们在惊恐地奔逃，漫山遍野都是铆足了劲儿捕鹿的人群……

楚国虽然盛产野鹿，但毕竟数量有限。没多久，山林里的鹿就被捕光了，可齐国仍在敞开大门高价收购，且加大了赏赐的力度。

鹿价高企，种草养鹿一本万利。很快，老百姓都自觉地开始了种草养鹿。楚国全境又人声鼎沸，掀起毁田种草、弃农养鹿的热浪。待楚王和敖安感觉不对时，楚国大部分的良田都摇身一变，成了像模像样的养鹿场。

仲渊闻信大喜，赶紧向齐王进言："大王，现在停止收购楚国鹿！"

"下一步怎么做？"齐王追问。

"准备伐楚！"仲渊斩钉截铁地说。

"伐楚？"齐王皱眉。

"对，伐楚！"

"说说你的理由。"

"这么长的时间啊，楚国上下都在捕鹿养鹿，他们既毁良田，又误农时，现在已是人心散漫，粮库空虚！"

"可他们卖鹿赚大了，国库里有的是钱！"

"如果咱们让他们买不到粮呢……"

"唔，好主意！"

"大王想一想，我国是楚国最大的邻国，我国粮食储备充足，当然不会卖粮给楚国。而楚国向来以大国自居，周边其他小国家早对楚王恨之入骨，只要我们发出伐楚号令，他们就算不愿与我国合作，也必然会封锁城门，不会出手援救楚国，到时候我们再发精兵拦截楚国的运粮军队……"仲渊的陈述有板有眼，齐王听得频频颔首。

风云突变、灾祸临头，楚国一下乱了方寸。

卖鹿？再便宜齐国也不买了。买粮？出再高的价齐国也不卖。楚王派人四处购粮，一出境就被齐军拦截……粮荒导致楚国人心不稳，社会动荡。未出三年，就有近半的楚国难民逃往齐国。一年之后，楚国元气大伤，战力锐减，不得不委曲求全，向齐国俯首称臣。

（原载于 2012 年 9 月 29 日《常德社会组织》，转载于《小说选刊》2016 年第 4 期，入选《最难忘的军旅美文》）

归去来兮

艾羽留学德国归来,其父求爷爷告奶奶,好不容易帮她找到一家大型国有企业。

艾羽在这家国企当会计,工作量虽然不大,待遇却很丰厚。父母幸福得不得了,他们认为是祖上积了德,如今泽被后人。

哪料工作不到半年,艾羽竟执意要辞职。父母好说歹说,艾羽就是不听。问其辞职原因,艾羽三缄其口。

其父食不甘味,急得像热锅上的蚂蚁。实在想不出法子,便请我去做艾羽的工作。我和艾羽的父亲很要好,且是国内外有些影响的作家。艾羽从小崇拜文化人,其父相信我和艾羽好沟通,也能沟通好。

那就试试吧,做点儿好事,行善积德。我心想。

"艾羽啊,你父母太不容易了,面朝黄土背朝天,含辛茹苦供你读完大学。""你很争气,凭着优异的考试成绩,国内重点大学一毕业,又赴德国的名牌大学深造。""你从农村走出去,如此努力刻苦读书,学成归来,不就是想找个好工作,好好地过日子吗?"找到艾羽,简单寒暄几句,发现我们能聊,我便瞅准时机给她做思想工作。

艾羽一笑:"那当然啊!"

"可这么好的工作,你为什么不珍惜,要坚决辞掉呢?"我眉头紧锁。

"您一定要知道？这个原因真有那么重要？"艾羽反问我。

我轻轻点头："不只是我，你父母更想知晓。要不，他们会憋出心病的。"

"好吧，我说，"艾羽的表情凝重起来，"就一个原因，这家国企要做两套账：一套真的，企业自己掌握；一套假的，用来对外，主要是逃税。而且假账必须做好，不能出丁点儿问题。"

"作为员工，你听领导的呗！"我劝她。

她立马把头摇得像拨浪鼓："不行不行，坚决不能！"

"为什么？"我急问。

她脱口而答："第一，财务账必须真实且只能真实，这是我受的教育，德国人都是这样做的；第二，虽然在中国，但做假账和坑蒙拐骗一样不道德、遭天谴，而且违法，我良心未泯，寝食难安。叔叔，你说呢？"

艾羽的话开门见山，确实在理。我不好再劝她，唯有点头。

艾羽的父母无可奈何，只好又硬着头皮到处找关系。费尽九牛二虎之力，终于联系上了国内一家大型私人企业。

同样是做财务工作，但这家私企给艾羽的待遇比那家国企还要丰厚！

这就好了，好了！其父母心里压着的一块石头很快落地，他们高兴得不得了，指望宝贝女儿从此再无二念，安心工作。

可天公不作美，他们还是失望了：未出半年，艾羽又决心辞职，九牛二虎也拉不回头！

原因呢？她索性和盘托出，跟那家国企一样，这家私企也要做两套账：一套真的，企业自己掌握；一套假的，用来对外，主要是逃税。而且假账必须做好，不能出丝毫问题。

怎么都要这样？怎么会这样呢？艾羽苦苦思索，觉得不可理喻。

我就微笑着启发艾羽:"兴许你遇到的只是个别现象。你干吗不尝试把自己的简历直接投递给多家企业和公司,投递时主动申明,你只给不做假账、不偷逃税款的单位打工?"

"是啊,试试也未尝不可!"艾羽拍拍脑门,眨了眨眼。

我的一句提醒就这样帮了艾羽,多家公司和企业很快向她抛来橄榄枝。三思之后,她选定了一家自己中意的,毅然放弃再去德国的念想,高兴地留在国内,留在了父母身边。

(原载于《芒种》2020年第10期,转载于《小说选刊》2020年第12期)

租房

我有收藏癖,弄得家里也码满古玩、字画和名人信物,到了水泄不通的地步。

必须赶紧租房码放这些宝贝!我想。心急火燎地在我家附近转悠一阵儿后,终于在我居住的小区内看到了一则房屋出租启事。房主名叫夏雨,有两室两厅面积一百来平方米的房子可以出租,月租金五百元。启事上还留有夏雨的手机号码。

一看租金便宜,房子又在我居住的小区内,利于收藏并管理我的藏品。我当即掏出手机打起了电话:"喂,夏雨吗?"

"是啊,我是!"一个悦耳的女中音。

"你有房子出租?"

"对,我正在寻找租户呢。"

"租给我行吗?"

"当然!你知道我的租价吗?"

"知道,我在出租启事上看到了。"

"那——很高兴你能租用我的房子。请问,你是一个人租住吗?"

我一愣:"你希望我一个人住?"

"是啊!"夏雨的声音更柔了,"我有一个条件,不知你能否接受?"

"条件?什么条件?"

"我自己还要住一室。租给你另外的一室两厅。卫生间和厨房我们共用。"

"这……"

"你犹豫啦？你不觉得在我们这个中等繁华的城市，这个价钱的房租算很便宜的了？当然，如果你觉得贵了，我可以把月租降至三百元！换了其他任何人，我都不会这样的！"

"你随便降低房租，就不和你丈夫商量一下？"

"不用！三个月前，我们就离婚了。这房子归我！"

"那你，你一定是带着孩子住吧？"

"不是！戴希先生，我还没有孩子呢！"

我大惊："你怎么知道我叫戴希？"

"我听得出你的声音！"

"你怎么听得出我的声音？"

"怎么听不出？你住一号楼，我住二号楼。我们同一楼层、隔窗相望。你在忙收藏吧。我经常打开窗子就能看到你，听到你的声音。你怎么要租房子呢？是不是……也和你那个她拜拜啦？"

我这才想起对门对户那个女人。那是个形象如同声音一样甜美而有磁力的女人。她叫夏雨？我心里热了一下。

但很快，我就沉静地问："美女，如果我们全家过来住呢？"

她的声音立马软下来："谢啦！为什么要全家来？不租！"

"我的收藏品早已堆积如山了！如果……我租房只是为了码放我的收藏品呢？"我进一步挑明。

"谢啦，不租！"她不假思索，"你为什么不一个人租住？换了其他人，这是绝不允许的！"

我被弄糊涂了："你这美女！又不少你房租，还按五百元租房，行吗？"

"别人行！可对你，再多的房租也不行！除非——除非你一个人租住！"她的声音很低很小，但很清亮。

"为什么呢?"我欲打破砂锅问到底。

"不要问为什么啦!"她有点儿生气。

唉，这简单的租房，怎么一下就复杂了呢?

（原载于《青春》2019年第2期）

机密

杨卉的麻辣火锅店是城里最大的一家。这里每天都是人潮涌动、热气腾腾。虽然城里人嘴刁，却都夸这里的麻辣火锅麻得上劲、辣得味足、香得可人、余味无穷。当然，这里的生意之所以火爆，还有另一个重要原因，那就是价格相当低，低得你简直不敢相信：同样的一个麻辣火锅，别的店子至少要卖二十元一锅，杨卉的店却只卖六元一锅。别的店已被无情的市场竞争挤压得血本无归，杨卉的店却仍在大把大把地赚钱。

有些麻辣火锅店的老板不信城里也有天方夜谭式的故事，便悄悄乔装成顾客挤进杨卉的店里吃麻辣火锅。一吃，还真被它的味道和价格所折服，回来，便无怨无悔、义无反顾地关了自己的店。也有幻想与杨卉抗争甚至挤垮杨卉的老板，暗暗派人去杨卉的店里买回鸡、鸭、鱼等麻辣火锅，认真研究其制作工艺，可就是未取得丝毫进展。雇人干那克格勃的间谍行当，试图窃取杨卉的所有机密吧，杨卉的店又俨然国家安全部，各种防范措施密不透风，压根儿就无缝可钻。于是只好悻悻作罢。

这样一来，起初城里繁星般闪烁的麻辣火锅店，没过多久，其中的绝大多数便无声无息地泯灭了，只剩下几家大的"寡头"。这几家之所以还能勉强维持，是因为这里爱吃麻辣火锅的人太多，要挤进杨卉的店里开顿洋荤实在不易，杨卉的店也承载不了那么多的顾客。再者，经过市场竞争的优胜劣汰,剩下的几家味道也很好,只是价格略比杨卉那儿高些。说白了,幸亏老天恩赐!但这几家麻辣火锅店的生意是远远不能与杨卉的店相比的。

随着麻辣火锅的生意蒸蒸日上,杨卉全家的生活情绪也随之高涨。这天是杨卉的母亲过生日,儿女们自然带上礼金礼品,齐刷刷地回家庆贺。吃晚饭时,一家人团团圆圆,餐厅里喜气洋洋。

正准备敬酒祝母亲生日快乐,忽然,杨卉的视线被餐桌上热腾腾、香喷喷的鸡、鸭、鱼等麻辣火锅所吸引。她一怔,端酒杯的手陡地在空中停住了。

杨卉惊问麻辣火锅从哪儿买的。母亲告诉她是从马晖那儿。还说父亲六十多岁了,体力不支,要做一桌丰盛的晚餐,身体肯定吃不消。买火锅时,父亲还特意品尝过,买回后,她也用心尝了,味很美,价格也不贵。

这时,杨卉的脸色一下子就变了,很苍白。她用手捂住胸口,问干吗不上她的店里去买,既照顾了自家生意,价格又便宜些。母亲并未觉察到杨卉的心情变化,依然得意扬扬地说:"是我叮嘱你父亲这样做的。"又提醒杨卉,"你那儿的麻辣火锅都是用死鱼、死鹅、瘟鸡、瘟猪等制作的,你公公、婆婆、叔子、姑子等家人班子组成的后勤小组,每天去乡下忙不迭地走村串户,捡些死了后被人扔弃在路旁或廉价收购些发瘟的家禽,让你制作麻辣火锅。而你那里生意火爆,全因为原材料没有或几乎没有成本,你可以把价格压得特低,别人怎么也竞争不过你呀!你咬过我的耳朵,叫我千万不可泄露天机的,难道你忘了吗?"

"怎么会忘?"杨卉叹息道,"只是……"

"只是什么呀?"母亲追问。

"只是……马晖的麻辣火锅也全是从我那儿批发来的!"

"……干吗这样呢?"母亲不解地问。

"赚钱！"杨卉斩钉截铁地回答，"赚那些没法儿挤进我的店里吃麻辣火锅的顾客们的钱！当然，马晖也赚，只是，他赚的是小钱，我赚的才是大钱呀！"

"那么，城里其他几家麻辣火锅店又怎样？"母亲进一步追问。

"和马晖一样，都是我们店的中转站！"杨卉再也不能掩盖事实，索性透了底。

全家人都惊呆了，一个个面面相觑。

（原载于《山东文学》2014年第10期，转载于《小小说选刊》2015年第4期，入选《最具启发性的智慧美文》）

高人

大街上,闯红灯的警车被如花似玉的女交警拦住。

"请把你的驾照拿给我!"女交警在警车前敬了个礼。

司机梅颖却爱搭不理:"干吗?"

"你闯红灯了,"女交警一脸正气,"我要查验你的驾照!"

梅颖淡然一笑:"咱领导有急事要办,我不抢时间不行。"

"所以就要违章?"女交警反问,正色道,"不管你有什么理由,都不能强闯红灯!"

"那——"梅颖一双鼻孔朝天,"如果车后坐着咱公安局长呢?"

女交警斩钉截铁:"天大的领导都一样,谁也不能无视法律!"

"好哇,你要把我咋样?"梅颖从鼻孔里哼出一句。

"按规定:第一,罚款二百元;第二,扣交通违规分六分。"女交警声色俱厉。

梅颖冷笑,回头看一眼坐在车后的公安局长高梁伟,用目光征求高局长的指示。

高局长竟一声不吭地直点头。

梅颖没办法了,只得依法行事。

回到局里,高局长匆匆奔向会议室,主持召开局党委会议。

"小梅呀,把你今天闯红灯之事向大家说说。"会一开始,高局长就吩咐梅颖。

"这……"梅颖一番嗫嚅，径直把矛头对准女交警，"这女同志，真不给面子！我以前闯红灯被拦，只要说小车是咱公安局长的坐骑，连男交警都赔笑放行。即使我闯红灯时局长并不在车上。可今天，咱高局长还坐在车里，她却有眼不识泰山，硬逼我交出驾照，接受处罚。你们说，这不是把咱高局长和公安局三下五除二吗？"

"小梅同志！"高局长的脸一下黑了，"你闯红灯竟还有理，违章了也不思悔改？以前啊，你乱来我不知情，那是我失察失职！可今天，我既然亲眼看见了你的鲁莽，那就不能放任你一错再错！现在，你必须在局党委会上作深刻检查，保证以后决不再犯。否则，我只能拿你开刀，让你立马下岗！"

说完这段话，高局长又语重心长道："我一局之长不能以身作则，你是局长司机横冲直撞，我们还能要求别人遵守交通规则吗？小梅呀小梅，你败坏了我的形象，败坏了公安局的形象，你糊涂、糊涂啊！"

"这……"梅颖惊慌失措，只得低头向高局长道歉，哭丧着脸在局党委会上检讨。

检讨完，高局长挥手让梅颖离去。局党委会则继续研究对女交警的处理意见。

"女交警铁面无私的执法精神，正是我们当下必须倡导的时代精神。在一些地方和单位执法犯法现象比较严重的今天，她的所言所行难能可贵、难能可贵啊！"高局长感叹。

"为了树立典型，弘扬人间正道，我们是不是应该褒奖这名女交警呢？"高局长环顾四周，问道。

有人点头。

"那……"高局长又问，"我们怎样褒奖她才好？"

"发表彰通报，号召全体交警向她学习！"有人提议。

高局长摇头。

"既发表彰通报，又给经济奖励。比如，奖励女交警五千元吧？"有人加码。

高局长依然摇头。

"力度小了不能震撼人心，"高局长想了想，"这样吧，响鼓要用重锤敲，我们索性提拔重用她！目的嘛，既充分肯定女交警严格执法，又大力鼓励全体交警敢于担当。"

班子成员无人反对。

高局长笑笑："至于职务嘛，大家想想看？"

有人建议让女交警当交警支队人事科副科长，有人建议让女交警当交警支队纪委书记，高局长都不满意。

"我的意见，"高局长最后发言，"组织部门可以考虑，任命这名女交警为交警支队副大队长。同志们，为了深入推进公正执法和严格执法，我们必须把这样的好同志推上领导岗位，让她发挥模范带头作用！"

班子成员察言观色，一致赞同高局长的意见。

"那好，"高局长接着指示，"先查准这个女交警的工作单位和姓名，再按相关程序进行组织调动和任命。"

很快，女交警徐红霞摇身一变，由普通得不能再普通的警员，直接擢升为交警支队副大队长。

公安局常务副局长张凌云总觉得这事蹊跷。

"要么，徐红霞是高梁伟的至亲；要么，就是他高梁伟的情妇。否则，高局长不会小题大做，破天荒提拔重用与己无关的小警员。"张凌云猜想，"也许，高局长和徐红霞早密谋好了呢。高为有妇之夫，如果徐红霞是他情人，那么，扳倒他就如瓮中捉鳖。而一旦扳倒了他，接任局长者不是我张凌云还会有谁？"

于是，张凌云马不停蹄，着手秘密调查女交警和高梁伟的特殊关系。

可调查的结果，他俩不仅不是至亲，连亲戚也不是。

"既然如此，徐红霞只能是高梁伟的情妇！"张凌云欣喜，"这不更好？"

机不可失！张凌云赶紧向纪委写了封举报信。

信发出后，张凌云就翘首以待纪委的调查结果。自己和自己安插的人则暗中窥探高梁伟的一举一动。

左望右盼，纪委的调查结果终于出炉。可未想徐红霞根本不是高梁伟的情妇，密谋升迁之事纯属子虚乌有。而自己和自己安插的人也并未发现高梁伟和徐红霞有任何异常。

咄咄怪事？这个高梁伟还绝非凡夫俗子！

从此，张凌云不仅没有了撵走高梁伟、自己取而代之的念想，而且对高梁伟刮目相看，从内心深处佩服。

（原载于《啄木鸟》2014年第10期，转载于《小小说月刊》2015年4月上半月刊）

发现

我们家的贵宾犬小宝真是聪明可爱！我只说一点，在家里，它总是自己上卫生间拉屎撒尿。有时，卫生间的门关着，里面有人，它就站得笔溜儿直，扬起两只前爪在门外敲门，或急或缓，或轻或重。如果敲得急而重，那肯定是它憋不住了，让里面的人快点儿出来；如果敲得缓而轻，则是告诉里面的人，它正在外面等候。

不仅如此，我们带它去亲戚朋友家，一进家门，它也首先在屋子里嗅来嗅去。干吗？找卫生间呗！找到卫生间，等要上时，就自己不动声色地前往。上完，一样用前爪在卫生间门外的地板上擦擦，弄出"嗞嗞嗞"的声响，提醒我们它已在里面方便了，快帮它冲洗冲洗。冲洗过后，它会像人一样站立，两只前爪像手一样抱拳，毕恭毕敬地给你"作揖"，那是深表感谢之意。

我和妻白天外出上班，只能把小宝关在家中。下班一回来，我们就匆匆去卫生间，看看小宝是否拉屎撒尿。如果拉了，便赶紧冲洗干净。

有次下班回家，我们上卫生间一看，里面清清爽爽的。妻便进厨房准备做晚饭。可这时，妻闻到了一股刺鼻的尿臊味。很快，我们发现，小宝在厨房内靠墙边的一角拉过尿。

"小宝，你过来！"妻有点儿恼火，但强忍着。小宝应声而至。

妻指指墙边的尿渍，故意问："小宝，这是谁撒的尿啊？你怎么糊涂了，不知道撒在卫生间呢？"

小宝瞥一眼墙边的尿渍，眼一闭，立即耷拉下头，那模样，就像坏人在低头认罪似的。

妻想，小宝应该认识到自己的错误了，会好好改正的，就不再教训它。

此后一段时间，小宝真又规矩了。

"看来，这鬼东西会听话，知错就改！"妻禁不住赞叹。

我说："是啊！咱小宝通人性，乖巧哩！"

那天吃过晚饭，我和妻要去朋友家谈事。小宝看我们在更衣，便机智地盯着，蹦蹦跳跳又寸步不离地跟随我们。它特别喜欢我们带它外出溜达或串门。

走到大门口，妻却转过身子，蹲下去对它说："小宝，外面正在刮风下雨，带你出去很不方便。你就好好待在家里，我们办完事就回！"

小宝听了就一屁股端坐地上，眼巴巴地目送我们。

从朋友那儿返回，妻又发现厨房一角有小宝撒过的尿渍，不禁大动肝火："小宝，你过来！我问你，怎么好不了几天，又把尿撒在厨房里了？你怎么变蠢啦？"想了想，又话锋一转，"哦，不对，你不是变蠢，肯定是存心发泄不满，报复我们没带你外出溜达是吧？"

闻到火药味的小宝，像顽皮的孩子闯了大祸，赶紧一溜烟地钻到床底下躲起来，怎么喊它也不出来。

妻拿起竹扫帚要打它。我说："算了吧，小宝毕竟是条小狗，看它也像小孩一样，怪可怜的。"

妻说："可怜？它这是存心跟我们过不去呀！下次要再这样，看我不揍扁它！"

我知道妻这是在有意警告小宝，便轻轻走到床边，对躲在床底下的小宝说："小宝听话，下次讲卫生哦！"

小宝"唔唔唔"了几声，仍趴在床下，躲着不肯出来。

这之后，小宝长了记性，知道拉屎撒尿只能上卫生间了。

又一个风雨天。我们下班回家，发现它又把尿撒在了厨房一角。

这下妻暴跳如雷，操起一只长竹竿就要追打。小宝惶恐不已，赶紧一溜烟地躲进床底下。

妻不肯罢手，攥紧长竹竿就在床底下一番横扫，直疼得小宝"汪汪汪"地惨叫，末了又"呜呜呜"地哭泣。

我看得实在心软，便一把夺过妻手中的长竹竿，说："算了算了，它怎么也是条小狗，教训了就行了！"

"好吧！"妻气哼哼的，"事不过三，下回再这样，我一定要把它撵出去，不养了！"我没吭声。

这个星期天，又是风雨大作。我在家写篇动物传奇小说。写着写着写累了，便想走出去透透气。我刚出房间，就发现小宝正在卫生间门口：先推门，门不开；便敲，没有回音；再用力猛推，门还是未动。情急之下，它一个转身，准备又去厨房方便。

目睹此景，我立马叫住小宝："小宝，你要上厕所吗？"小宝就眼巴巴地望着我，哼哼示意。

事不宜迟！我赶紧直奔过去，帮它推门。起初，我用力小了，门未推动；接着，我使劲一推，门才打开。

门一开，小宝便如离弦之箭，冲进卫生间，哗哗哗地撒尿。

我侧身站在门口，背抵着门。小宝撒完尿后，摇头摆尾地从卫生间出来，我才闪进去冲洗卫生间。我一进去，风又把门给关上了。冲洗了卫生间，要拉开门出来时，我再次感到，从窗口吹来的风力还真大。风把门堵紧了，你用力不狠，根本就打不开。

可小宝呢？它分明只是条小狗，能有多大的力啊？

"看来，小宝上卫生间拉屎撒尿的习惯并没改。"我自言自语，"虽然偶尔它也把尿撒在厨房里,但那一定是卫生间里风力过大,把门堵紧了,它实在推不开,内急又迫不得已,才……而那几次,刚好也是风雨天啊!"

刻不容缓地,我把自己的发现告诉妻子。妻子说:"对啊,那几次正是风雨天,家里又没人帮它!唉,唉,唉,我们错怪了小宝,让它受委屈了!我这个人啊,怎么遇事就冲动任性,头脑丁点儿不冷静呢?"

这样说着,妻的眼角不知怎么有了泪。

我笑,眼里也有泪光闪烁。

(原载于《天池小小说》2015 年第 11 期,转载于《小说选刊》2015 年第 12 期,入选《2016 中国好小说·微小说卷》)

脸面

商震在大街上被人抢了。

强盗有眼无珠，连他这个工商局长也抢！商震极愤怒。

立马去派出所报案。

派出所迅速组织侦破。

那个叫曲有源的强盗很快被捉拿归案。

经突审，曲有源对抢夺之事供认不讳。抢夺时间、地点、经过及强盗外貌体征皆与商震的证词吻合，只是抢夺的金额相差甚大，曲有源交代的只有商震申报的二十分之一。派出所又找两人复核，双方都赌咒发誓，绝对不假。派出所无奈，只好采信商震的证词，勒令曲有源退赔。曲有源死活不愿，被法院判处三年有期徒刑。

起初，商震感觉很解恨，吃得好，睡得香，精神爽。

但不久，商震就忐忑不安了，开始对强盗大发慈悲，隔三岔五地拎着烟酒，驾车去监狱探视，仿佛曲有源是自己的救命恩人。有时面对曲有源，好像他商震倒成了孙子。狱警和犯人都好生奇怪。

这天，商震又迫不及待，再次拎了烟酒，准备去监狱探视。

老婆郑玲憋不住了，扯起嗓门吼："老商，你是不是脑子进水了？那毛贼不长眼抢了你，本为咎由自取、罪有应得。你倒好，俨然欠了他一辈子的债，三天两头去监狱探视，隔一段时间不去就像丢了魂儿似的。天底下有你这么怪的人吗?"

"这——"商震欲言又止。

才读初一的儿子商琦看不下去,也在一旁好言相劝:"爸,你别同情像蛇一样的恶人!曲有源不愿退赔,你没揍他就算好了,犯得着把他当菩萨供奉?"

"你们懂什么?这么多屁话!"商震忍不住申辩,"我还没疯,头脑清醒着呢!"说着拎上烟酒就要出门。

郑玲和商琦急了,不管三七二十一,死死地拖住他。

曾经绵羊般温顺的郑玲撒起泼来:"老商,你是老糊涂了吧?今天不说个明白,休想走出这家门半步!"

"你看你!"商震无奈地摇头。

"爸,有理走遍天下,你经常教导我的。总不能自己有事就言行不一吧?"商琦眼巴巴地恳求商震。

母子俩一硬一软,商震左右为难了。

思虑再三,商震咬牙决定,向妻儿和盘托出事情的真相。

"实不相瞒,"商震颤抖着说,"曲有源只抢夺我一千元,我却一口咬定他抢了两万元,害得他不得不蹲长达三年的牢狱!"

"怎么?只抢你一千元?你干吗不如实报案?"郑玲大惊失色。

"有什么办法?人都是有自尊的。我堂堂一局之长,让人知道包里仅带一千元,多丢人现眼!只抢一千元,我说得出口吗?"商震一脸的哭相。

商琦上下打量一番商震,仿佛很陌生似的:"爸,你总是教导我为人要真诚、正直,怎么自己却说谎呢?两万元这个数你当时怎么讲得出口?"

"我气疯了,恨这毛贼目中无人,只想狠狠整他!"商震脱口而出。

郑玲依然不解:"提审毛贼后,派出所又找你核实情况,既然和毛贼说的金额对不上,你及时纠正也不迟啊!"

商震立马正色道:"万万不可!我这等身份和地位,让人知道也弄虚作假,今后还有脸在社会上混吗?"

"那你打算咋办?"郑玲的手心捏了一把汗。

"经常去监狱探视曲有源,给他送大礼、说好话,直至他刑满释放。"

"唉,你这不是亏大了吗?"郑玲喟叹。

"没办法啊,为了良心的安宁!"

郑玲和商琦都没办法了,不约而同地松开手,看商震拎上烟酒,匆匆出门。

一出门,商震就如释重负,不,应该说是扬扬自得了。

商震心想:还是我这个局长高明!第一,我拎的烟酒,都是局里的招待用品,或者别人求我办事送的礼,无须自掏腰包购买;第二,毛贼被我的友善深深感动,肯定会一辈子守口如瓶、永不翻案,我安全了;第三,我堂堂一局之长,居然经常去监狱探视抢夺自己钱财的毛贼,此事经狱警和犯人之口说出,向监狱外扩散,一传十、十传百,我的以德报怨之举,定会在社会上形成良好的口碑。这三点,恐怕很少有人能想到吧!

啧啧!

(原载于《啄木鸟》2013年第5期,转载于《微型小说选刊》2013年第16期)

你看你看这蜂鸟

我们谈笑风生,穿行在亚马孙河的热带雨林。

一只色彩鲜艳、美丽可爱的蜂鸟,热情地当起我们的向导。

它在我们眼前,扑棱着翅膀,嘎嘎嘎地欢叫,飞得平稳、轻快。

如果离得不远,蜂鸟会悬停在空中,等我们赶上;一旦离得远了,它就倒飞过来,迎接我们。当地人称蜂鸟为神鸟,因为只有它,是这世上唯一能倒飞的鸟儿;也只有它,能长时间地扑棱着翅膀,悬停于空中。

蜂鸟还一会儿向左飞,一会儿向右飞,怎么顺当就怎么带我们行进。

它飞行时拍打翅膀发出的嗡嗡声,几乎和蜜蜂飞行时发出的声音一模一样。

可爱的小天使,它要带我们去干啥呢?

答案很肯定:找树上悬挂着的野蜂巢呗!因为它最喜欢吃,自己又摘不了。

亚马孙河热带雨林中的野蜂巢,不仅甜得不得了,而且营养价值极高。既能增强人体免疫力,据说抗癌效果也相当不错。

当地人一样喜食野蜂巢。他们与蜂鸟是十分亲密的伙伴关系。

果不其然,蜂鸟很快带我们找到了那宝贝!它就悬挂在一棵大树枝上，真不小哩，几乎要流蜜一般。

蜂鸟嘎嘎嘎地叫着，绕树环飞三圈，然后悬停空中，等我们采摘蜂巢。

我们在大树下左顾右盼，觉得爬树采摘很危险。一旦野蜂赶回，成群结队攻击我们，后果不堪设想。所以最后，我们手疾眼快，用长竹竿直接将野蜂巢戳下。

蜂鸟又嘎嘎嘎地在我们头顶上空盘旋，眼巴巴地等我们分出一小块，放在地上，让它享用。

如果丁点儿不给它留，它真会记恨并报复我们？我们不信当地人的忠告，故意把整块蜂巢都带走，以此试探蜂鸟的反应。

还好！蜂鸟丝毫没有争夺蜂巢之意。它在空中悬停片刻，眼珠骨碌碌一转，又嘎嘎嘎叫着，继续向前疾飞，为我们当向导。

而且，仍像先前一样，一会儿向左飞，一会儿向右飞，一会儿倒飞，一会儿悬停空中，很平稳很轻快的，总让我们能跟得上。

我们因此天真地认为：它不仅不会闹情绪，还会继续带我们去找野蜂巢。

哪里像当地人描述的那样！我们庆幸。

殊不知很快，蜂鸟就把我们带进另一片林区，嘎嘎嘎地叫唤几声，便如离弦之箭，疾飞而去。转眼，无影无踪。

"咳！不带我们去找野蜂巢？或者，不给我们当向导啦？这——就是蜂鸟对我们的报复？"有人笑问。

可笑声未落，我们就听到了狮子的吼叫，而且隐隐约约看到了一大群狮子！

天啊！我们个个面如土色、魂飞魄散，记不起最后我们是怎么逃出来的。

那一块野蜂巢，也不知丢到了哪里。

当我们汗淋淋地快要走出亚马孙河那片热带雨林、正后悔没听当地人的忠告时，蜂鸟忽又出现在我们头顶的天空，扑棱着翅膀，嘎嘎嘎地欢叫……

（原载于《小说月刊》2014年第8期，转载于《小小说月刊》2015年2月下半月刊）

安心

某国的一个偏远小镇,有一条过往车辆的必经之路,路况很糟,经过那里的大货车,即便驾驶技术非常高超的司机,也常常一不留神儿就造成翻车或倾斜的事故。

据说,最初是一辆满载甘蔗的货车驶入了那个路段,正要转弯,这时,从对面突然冲过来一辆小车,司机慌了,左冲右突、颠簸摇晃没几下就侧翻在地。除了开车的司机,车上没有其他人手,司机急得像热锅上的蚂蚁——团团转。

甘蔗满地翻滚,甜味四处弥漫,很快引得附近嗅觉灵敏的居民蜜蜂采花似的飞来。司机顿时眉头舒展、欣喜若狂,满以为天降救兵,是一群助人为乐者要帮他义务拾起散落的甘蔗、扶正货车并把甘蔗重新装车。他甚至想,不让他们做义工;等装车完毕,上路之前,他会给他们适当的酬劳表示感谢。可万万料不到的是,这些人一哄而上、三下五除二抢光满地的甘蔗后便四散而去,任凭他怎么好说歹说、怎么拼命制止也无济于事。

尝到了唾手可得、不劳而获的甜头,以后,只要有货车在那个路段翻车,附近的居民都会闻风而动、奔涌而至,不管三七二十一就一顿哄抢。管他司机多么伤心、多么痛苦、多么无奈、多么愤怒,也不管司机怎么好言相劝、怎么百般遏阻,他们都像赶场子喝喜酒似的,疯狂扫荡、旁若无人。

他们顺风顺水地哄抢过一车饼干、一车玉米、一车服装、一车烟酒，还人欢马叫地哄抢过一车鱼、一车鸡、一车猪……越抢越心安理得，越抢越身手迅捷，越抢越精神抖擞！

习惯成自然。很快，当地居民就上了瘾，三天两头没去哄抢，手心便像被蚊虫反复叮咬一样奇痒难忍。急了，他们甚至派人在那儿蹲守，一有风吹草动，就火速通风报信。

这次，听说又有一辆货车在此路段侧翻，他们同样反应灵敏，敲锣打鼓、张灯结彩。可与往常不同的是，当他们从四面八方奔涌而至，正要摩拳擦掌、大显身手之际，他们遭遇了滑铁卢，垂头丧气、败兴而归。为啥？因为这辆货车拖的是一车土狗——闷头闷脑不爱叫嚣的土狗。喜欢狂吠的狗只会装腔作势吓唬人，闷声闷气的狗才真咬人。所以，当他们冲锋陷阵哄抢时，不少人冷不防就被狗咬了，有的还被咬掉了肉，血淋淋的。他们痛了、哭了、抱怨了、骂人了，怎么就粗枝大叶，没防备狗的突然袭击呢？

一朝被蛇咬，十年怕井绳。以后再有翻车的风声传来，他们的行动就异常小心谨慎。必先打探清楚要抢的东西是否危险、要抢的现场是否安全，然后才有备而来、伺机下手。

好家伙，又有一辆货车侧翻在地！闻讯，他们当然毫不犹豫，还是条件反射似的欣然而至。但他们并未鲁莽行事，很快弄清散落一地的全是甜甜的糖，这才呼哨响起、一拥而上。可智者千虑，必有一失。他们万万没有料到，就在这当口儿，乌泱泱一大群蜜蜂忽然倾巢而出、席卷而来，蜇得他们抱头鼠窜、哭爹喊娘。甚至他们都已逃得远远的了，蜜蜂还在狂追不止。

不得好死！他们一蹦三尺高，怒骂。

司机却把牙齿咬得格格响，窃笑。

还真是，要说前面接二连三地翻车，肯定是司机的驾驶技术不好或者开车不慎，而后面呢？

盼星星，盼月亮，当地政府终于出手，派出专业团队和执法队伍下大力翻修，整治好了那个路段。从此，车辆经过那个路段再也没有重蹈覆辙，再也没有翻车之事出现，司机和附近的居民因此都安心了。

(原载于《小说月刊》2020年第12期)

一堂解剖课

上人体解剖课，深入细致地了解和认知人体亦即人类自身，起初感觉新鲜、有趣，学习热情高，精力也很集中。但时间一长，接触的老是"心脏位于胸腔纵隔内，两肺之间。呈圆锥形，大小近似本人拳头，重约二百克""成人共有二百零六块骨头，按其所在部位分为躯干骨、颅骨和四肢骨三部分。躯干骨有五十一块，颅骨有二十九块，四肢骨有一百二十六块""小肠是吸收营养物质最主要的部分。食物经过小肠，基本完成消化与吸收"……诸如此类、没完没了的知识，在书本上学过之后，又去解剖室反复解剖用福尔马林保存的人体标本，便越来越觉得枯燥甚至恶心了。你没有闻过福尔马林吧？那种刺鼻难受的气味！

大一那年，幸亏方冰教授教我们人体解剖学。美貌如花又善解人意的她，对我们学习上表现出的情绪变化，早已洞若观火。

那天鸟语花香、阳光明媚。方教授迈进教室时，却是一脸温和的笑颜。要知道，方教授做学问极其严谨，平素的表情也很沉静。同学们感到惊讶，觉得眼前一亮，便齐刷刷地注视着她。

"同学们，你们是不是觉得——上解剖课很乏味？"走上讲台，方教授和颜悦色地问。

"是！"有同学响亮地回答。

"那好。"方教授神秘兮兮地说，"过去，我们对人体的生理结构解剖得够多了。今天呀，我就用你们做标本，来解剖人类的心灵和情感！"

"用我们做标本?"

"解剖人类的心灵和情感?"

同学们先是一愣,随即热闹起来。

"怎么解剖?"有同学迫不及待。

"我请同学们做张试卷——两道选择题?"方教授一双玉手轻轻撑着讲台,用温柔的目光征求同学们的意见。

"好!"同学们异口同声。

试卷发下来,上面真的就两道选择题。

第一题:他非常爱她。她的容貌闭月羞花,身段婀娜俊俏,气息清纯甜美,性情温润善良。可是有一天,她遇上了车祸。经过住院救治,虽然保住了性命,但脸上留下了难看的疤痕,身体也有些残疾了。请问,他还会爱她吗?

可选答案:(A)一定会;(B)一定不会;(C)可能会也可能不会。

第二题:她非常爱他。他不仅长得帅气、品行出众,而且已是富甲一方、大名鼎鼎的企业家。可天有不测风云,他的企业突遭致命打击而破产,他现在一无所有了!请问,她还会爱他吗?

可选答案:(A)一定会;(B)一定不会;(C)可能会也可能不会。

"嘿,有趣!"同学们略一思忖,很快就交了试卷。方教授让曾卓和晓雪上台,一个唱票,一个监票,在黑板前公开统计答题情况。

结果:第一题选答案(A)的学生占百分之十,选答案(B)的学生也占百分之十,而选答案(C)的学生则占百分之八十;第二题选答案(A)的学生占百分之三十,选答案(B)的学生占百分之二十,选答案(C)的学生占百分之五十。

"看来,女人比男人重感情。或者说,在情感天地里,女人的青春美丽比男人的声名财富更加珍贵、更为重要。是这样吗?"方教授看看答题结果,眨了眨眼。

有同学眉头一皱、点头。但多数人沉默不语。

"我在想,你们都认为这两道题中的'他'和'她'是对恋人吧?"方教授不动声色地问。

"那当然!"同学们脱口而出。

"可题目中并未指明'他'和'她'是对恋人呀!"方教授启发道。

"但我们的直觉已告诉我们!"同学们仍然自以为是。

方教授微笑着摇头:"世间之事,恐怕没这么简单吧?"

"难道第一题中的'他'和'她'就不能是父女关系?第二题中的'她'和'他'就不能是母子关系?"方教授进一步点拨道。

"是啊!我们怎么想不到这一层呢?"同学们拍拍脑门,恍然大悟。

"能想到就好!"方教授感叹道。"现在,把第一题中的'他'和'她'定位于父女关系,把第二题中的'她'和'他'定位于母子关系。你们又会怎样答题呢?"方教授又一次给同学们下发试卷。

教室里气氛庄重肃穆,静得只有笔尖在试卷上掠过的沙沙声。方教授还注意到,同学们眼眶湿润,眼里透着亮晶晶的东西。

试卷很快收齐。这次统计结果:第一题与第二题,选答案(A)的学生达到百分之百,没有一个学生选答案(B)和(C)!

"看来,在我们心灵和情感的深处,父母之爱都是最可信赖的!确实,父母之爱最无私无畏、最永恒坚定、最崇高伟大!所以,同学们,无论何时何地,你们都要想到父母的爱;无论何时何地,你们都要善待自己的父母啊!"看看答题结果,方教授声音颤抖着深情地说。

光阴荏苒,逝者如斯。许多年过去,不知为什么,那堂解剖课仍然历历在目,让我们常忆常思,心河上总泛起粼粼的碧波……

(原载于《北极光》2021年第1期,转载于2021年3月2日《作家文摘》,入选美国亚特兰大孔子学院2021年夏季版《阅读》教材)

爱情故事

薇是夏夜按摩店的盲人按摩师。三年前，她在春晓职业技术学校学习推拿按摩时，认识了那儿的按摩师钢。

第一次见薇，钢的心里像忽然划过一道闪电，他已经喜欢上薇。虽然薇四岁时就因视神经萎缩而左眼完全失明、右眼视力仅零点一，但薇是豁达、坚强的"80后"女孩，有新月般妩媚的脸蛋，笑容像夏花一样灿烂。她穿着时尚、形象鲜亮，又好学上进、精通盲文，且电脑操作自如、能弹奏悦耳动听的古筝。

薇呢，也情不自禁地喜欢钢。钢帅气健康、聪明孝顺。虽然父母都是聋哑人，但他毫不嫌弃，也绝不自卑，总是怀着拳拳之心，精心地呵护他们。

钢向薇发起暴风骤雨般的爱情攻势，薇很快小鸟依人，做了钢的女友。不久，在众人惊讶的目光中，钢和薇满脸和煦的阳光，手牵手走进了婚姻的殿堂。

婚后，他们相亲相敬、互帮互助，小日子过得和和美美、温馨浪漫。

然而，天有不测风云。钢因眼底出血住进医院，诊断结果是钢患上了视神经血管炎。虽然救治及时保住了左眼，但右眼视力从此不到零点一。出院时，医生郑重地提醒钢：以后要小心护眼。不然，可能再度眼底出血,那将导致双目失明!钢的心一下掉进了冰窟窿。薇却不急不躁,满怀信心地鼓励钢:"只要我们在一起,就没有过不去的坎儿!"

钢的眼角不禁滚落一串热泪。

可薇做梦也没想到,出院不久,钢就变得判若两人。不仅对她冷若冰霜,而且经常有事没事地冲她发火,还口口声声说自己不爱她了,要与她尽早离婚。有一次,竟动手打她。

即便如此,薇也默默忍受,怎么都不离。她想,等钢发泄够了,日子还会回到从前。哪料,钢竟手挽手带了个女孩儿回家,理直气壮地说他爱上了那女孩儿,要和她喜结连理。女孩儿也与钢一唱一和,没有丁点儿羞怯。薇的心里像有把锋利的刀子在剜,一咬牙,她与钢分道扬镳。

故事到此本该结束了。不想未出半月,钢又因背痛难忍、不能弯腰而入院。钢知道自己患上了脊柱结核病,再不及时手术,轻则下肢瘫痪,重则危及生命。钢四顾茫然,万念俱灰。

就在这时,薇忽然拄着盲杖,来到他的病床前。

钢心头一热,但马上气喘吁吁道:"薇,你怎么还来看我?我都结婚成家了!"

"结婚成家了?"薇莞尔一笑,"你呀!就别演戏了!怎么,还想骗我?"

"骗你?"钢惊问。

"是啊!"薇用手指轻点钢的前额,"因为担心眼底再出血导致双目失明,又考虑自己患上脊柱结核病迟早要住院,一旦住院,手术费就要四万元,所以,你非常不安,感觉不仅不能再给我幸福,还要拖累我,于是变着法子与我闹离婚。看我不干,你又花钱雇了一个女孩儿,刺激我,打击我。"

"你怎么知道这么多?"

"还不止这么多!"

"那你还知道什么?"

"治疗眼睛时,有段时间,你感觉自己时常低热、盗汗、食欲不振,背痛疲倦,于是悄悄去医院做检查,然后发现患上了脊柱结核病……"

"谁告诉你的?"

"你母亲!"

"唉,我妈怎么能告诉你这么多!"

"为什么不能呢?"

"薇!我一个大男人……"钢颤抖着,想要坐起来,但事与愿违。

"什么都不要再说,也别动。"薇轻轻拍拍钢的肩膀,"佛说,千年修得共枕眠。让我们共渡难关吧!"

"共渡难关?"钢无力地摇头,"四万元手术费,对我来说,可是个天文数字。"

"我知道,父母为治疗你的眼病,已经花了很多钱;母亲也患上了胃癌,又花了不少钱。他们已经一贫如洗。但是,相信我,你还有我!"薇坚定地说,她决心救钢。

回到按摩店,薇将自己的困境告诉老板。老板感动了,向薇捐款,还提前给薇预支薪水;按摩店的员工也纷纷为薇奉献爱心;按摩店还尽可能多地安排薇给客人加点,虽然每个点的提成只有三元!

薇鼓起勇气向网友们发帖求助,网友们一样乐善好施。

终于,手术费凑齐了。手术前,薇特地去商场买了个红色的平安结,把它虔诚地挂在钢的胸前,钢紧紧地握住了薇的手。

手术成功!薇心花怒放,情不自禁地俯下身子,在钢的耳畔轻轻地吟唱起王菲的《传奇》:"只是因为在人群中多看了你一眼,再也没能忘掉你容颜……宁愿相信我们前世有约,今生的爱情故事不会再改变……"

(原载于《北极光》2021年第1期)

金花三弄

鲁金花、赵祁智和高连城经常小聚。鲁金花是某局局长。

私下里,赵祁智告诉高连城,他有一种不祥的预感,鲁美女迟早会出事!其实,鲁金花不是美女,这里称她"美女",一是因为不这么称呼她,她的脸色就会铁青;二是现在都喊"美女",恭维流行语罢了。

"凭什么对鲁金花会有一种不祥的预感?"高连城惊问。

"我只讲三件事。"赵祁智说,"第一件事,鲁金花的文章写得并不好,可那次全国散文大奖赛,听说她花钱请人写了篇散文参赛,得了个优秀奖。"

"可这能预示什么?"高连城问。

"嘘——"赵祁智卖起关子来,"你也别急,容我慢慢道来。"

"第二件事,"赵祁智接着说,"那年去泡温泉。鲁金花忽然惊恐万状地尖叫'抓流氓',她的叫声让原本温馨和谐的温泉池一下子升起狼烟。"

很快,温泉池里的男女老少都循声而来,把她和一个帅小伙儿里三层外三层地围在中央。

"就是他,非礼我!"鲁金花用手指着帅小伙儿,满口哭腔。

帅小伙儿一头雾水,涨红了脸问:"没有啊!我怎么非礼了你?什么时候非礼啦?"

"你摸了我的屁股，就刚才！"

"胡扯！造谣！我和你隔那么远呢！"

人们七嘴八舌地议论。

"最后不知怎么收的场，反正鲁金花出名了！"

"那么，第三件事呢？"高连城追问。

"你没听说吗？"赵祁智接过话茬儿，"在单位，鲁金花成天阴着脸，像只母老虎似的龇牙咧嘴，一会儿吼这个，一会儿凶那个，好像每个人都欠了她一屁股债似的，看谁都不顺眼，看谁都不是好人。所以，他们单位没人和她处得好，不少人对她咬牙切齿。"

本以为赵祁智只是要耍嘴皮子，哪料后面的事还真让他给说着了。

没过多久，鲁美女就因"严重违纪违法"受到惩处。据说，她是以空手套白狼的方式，贪污了几十万元公款。说白了就是把单位的钱转账给一家按摩店，然后让那家按摩店给自己办了很多消费卡。

"没想到吧？"赵祁智说，"凡事皆有因缘，一切命中注定。第一件事，说明鲁美女贪念重，不该得的她偏偏想得；第二件事，说明鲁美女有手腕，为达个人目的，不惜一切损招；第三件事，说明鲁美女很狂妄，把谁都不放在眼里。既然如此，她就会挖空心思地贪污腐化，纪检监察部门重拳出击，她不栽倒才怪！"高连城听得频频点头。

"你既然把问题看得如此之准，就没想过提醒鲁金花？"高连城不解。

赵祁智立马反问："老兄，鲁金花会理睬吗？"

沉默。静极。

（原载于《辽河》2021年第4期，入选《中国当代文学选本》第6辑）

开道

谷禾为 E 市 H 大学的教授、校长，史蒂文是 G 国 F 大学的教授和某学科的专家。H 大学与 F 大学建立了良好的学术交流平台，史蒂文来 H 大学做过好几次学术报告，谷禾也去 F 大学交流过好多次。每回史蒂文到 E 市一下飞机，谷禾就会亲自去机场，用自己的小车迎接史蒂文。一来二去、相互协作，谷禾和史蒂文不仅成了学术上的同研，更成了跨越国界的好朋友。

谷禾走马上任 E 市市长了，史蒂文仍外甥打灯笼——照旧（舅）。原副校长幸酉接任谷禾的校长之职后，H 大学和 F 大学的学术交流依然频繁。谷禾与史蒂文经常电话联系，还是关系密切的好朋友。

H 大学又发函邀请史蒂文来开展学术交流，史蒂文高兴地给谷禾打电话，说是很想见当了市长的老朋友。谷禾说他也很想见史蒂文，这次来 E 市，一定要给史蒂文意外的惊喜。史蒂文忙问是什么惊喜，谷禾说到时便知。史蒂文就在电话旁笑了。

阳光灿烂，花香扑鼻。一出飞机场，史蒂文就急切地寻找谷禾，但谷禾没有现身，谷禾的秘书和 H 大学新任校长幸酉却来了。史蒂文认识秘书，秘书曾是谷禾任大学校长时的秘书，现在又继续做当了市长的谷禾秘书。秘书与幸酉热情地迎上去，与史蒂文和助手亲切地握手、拥抱。

开道

秘书告诉史蒂文，谷禾到外地考察去了，委托他和幸校长接待好朋友。

史蒂文一愣："你们谷市长说要给我意外的惊喜，你知道是什么惊喜吗？"

"请跟我来。"秘书手指机场外公路边停放得整齐威武的一溜儿小车，"你看，第一辆警车叫牵引车，是在车队前面引路和指挥其他车辆让道的；第二辆警车叫前卫车，是在车队前面负责安全保卫的；第三辆是接您和助手的迎宾车；第四辆是我和幸校长坐的护送车；第五辆警车叫后卫车，是在车队后面负责安全保卫的。"秘书如数家珍，津津乐道。

史蒂文的脸却由晴转阴，惊问："这就是你们谷市长要给我的惊喜？"

秘书笑答："是的！"

史蒂文的脸一沉："来这么多警车做啥？"

"开道护卫，确保您坐的小车通行无阻！"秘书眉飞色舞地边说边恭请史蒂文上车。史蒂文犹豫再三，很勉强很别扭地回到车上。

警灯闪，警笛鸣。车队雄赳赳、气昂昂，一字儿排开，风驰电掣地向 E 市挺进。

史蒂文感觉警笛越来越刺耳、警灯越来越刺眼。车队驶出飞机场不远，史蒂文终于又气又恼、大呼大叫起来："停车，快停车！"

整支车队无奈地在路边停下，史蒂文暴跳如雷地冲下车："我们不是囚犯，我们不去刑场！我们是专家、学者，是应邀来做学术交流的。你们不能用警车押运我们，不能羞辱、敌视我们！你们这样不友好，我们要立即打道回国！"

秘书哭笑不得，赶紧迎上去小心释疑："误解了！误解了！亲爱的史蒂文教授，这不是把你们当囚犯羞辱、敌视，相反，是把你们当贵宾高看一等呀！警车开道迎接的特殊礼遇，正是为了体现对你们最充分的尊重，给予你们最热烈的欢迎。谷市长力排众议，才决定下来的。"见史蒂文的情绪已稍微好了一点儿，秘书松了一口气，赶紧把他请上车。

警灯闪，警笛鸣。车队又雄赳赳、气昂昂，一字儿排开，风驰电掣地向 E 市行进。

进入 E 市的主要大道，前方的车辆都闻风让路，如惊弓之鸟；两旁的行人也驻足观望。目睹此情此景，如坐针毡的史蒂文禁不住又大呼大叫："停车，快停车！"

车队又在路边紧急停下。史蒂文义愤填膺，冲下车就嚷："你们这是扰民，是让我们难堪！路上的车辆没理由给我们让道，我们也无权惊扰路旁的行人。快撤走警车！"

不识抬举！秘书恼火至极，但还是强忍着，尽量和颜悦色地劝说史蒂文："教授，感谢您设身处地为路上的车辆和行人着想。但每年都有类似的接待，这里的车辆和行人早就习惯了，而且，还把这当作无上的荣光呢！"听秘书这么一说，再看车队后停下的车辆越来越多，道路两旁围观的行人已里三层外三层将他们围得水泄不通，史蒂文忐忑不安，只好做贼似的上车。

其结果，此次学术交流活动，气氛总是不对劲儿。谷禾呢，实际上一直在 E 市待着，根本没有外出。他原想出其不意地去 H 大学造访史蒂文，给他又一个惊喜，不料，史蒂文对警车开道非但不领情、不感激，反倒给自己添麻烦、生乱子。咬咬牙，谷禾改变主意，坚决不见史蒂文了。

从此，谷禾和史蒂文不再来往。

（原载于《小说月刊》2021 年第 2 期）

小宝

小宝是一条贵宾犬，我们家的宠物狗。

小宝爱美女！每次我带它遛街，只要遇上美女，它都会迫不及待地奔过去，在美女面前大约一米远处，站得笔溜儿直，一双前爪捧在胸前，俨然绅士般双手抱拳，彬彬有礼又十分虔诚地给美女作揖。它一边作揖一边含情脉脉地看着美女，口中呢喃，仿佛在倾诉衷肠一般。美女经常被感动得两眼发亮，弯腰屈膝，伸手温情地轻抚它的头顶。而这时，小宝总是微闭双眼，深深陶醉的模样。

小宝只爱美女。那天我带它遛街，远远地有对年轻夫妻手挽手向我们迎面走来。男的帅气，女的漂亮，小宝发现了，立马摇头摆尾，直奔过去。

"你信不，这条小狗是被我吸引来的。嘿嘿，连它都喜欢我！"快要走近小宝时，女的很得意地说。

男的瞟了女的一眼，笑道："那是自然，你是美女啊。谁不爱美？"

"可是我敢打赌：虽然你是美男，它却不喜欢你。不仅不喜欢，还会凶你！"女的又说。

男的笑着摇头："我才不信！"

"好，那我们走着瞧！"女的扮了个鬼脸，满是自信的神情。

果然，快走近他们大约一米远处，小宝就在美女面前故技重演，彬彬有礼又十分虔诚地给美女作起揖来……

"怎么样？我说话灵吧！"女的把头高高扬起。

男的显然不服："如果它对我也同样虔诚、同样有礼呢？"

"除非太阳从西边出来！"女的噘着嘴说。

还真是，女的话音刚落，小宝就龇牙咧嘴，对着男的"汪汪汪汪"地狂吠不停。那凶狠的模样，仿佛要把男的食肉寝皮一样。

男的吓愣了，女的却银铃般地大笑起来。

小宝不但对男人这样，见了老人和小孩也很凶，所以我们无论在外面还是在家里，都得高度警惕，一刻也不能松懈，怕小宝伤人。

有天，姨姐带了她的小孙女来我们家玩儿。进门后屁股还没坐热，小宝就蹿出来，凶巴巴地扑向姨姐那还不到两岁的小孙女。幸亏是在冬季，小孙女穿着棉衣棉裤，要不，她的腿上准被咬出一个窟窿。小孙女吓得哇啦哇啦大哭，我赶紧抄起扫帚追打小宝。小宝一见阵势不对，立马溜到床底下躲起来。

总是这样，即使被打得鬼哭狼嚎，小宝也屡教不改，仍旧对老人和小孩暴露出同样狰狞的嘴脸。

有天我带它去姨姐家玩儿，一不留神，它就箭步冲过去，咬了她婆婆的大腿一口。姨姐的婆婆都八十好几的人了，我们十分难堪。

以后，凡是有老人和小孩在场，我们就得像防贼和豺狼一样防着小宝。

我的母亲八十多岁了，住在不远不近的乡下。我想接母亲进城到我们家小住几天，可怎样才能不让小宝伤到母亲？最直接的办法就是将小宝关进笼子，不许它出来。可整天关着，它就不能自己随时上卫生间大小便，咋办？

接母亲来我们家之前，妻子抱起小宝，温和地告诫它："奶奶是我们家的亲人，你要对奶奶好哦！如果伤到她，我会把你赶出家门，不要你了!"

把母亲接回家后,我绷着脸拿起一根木棍,在小宝眼前晃了晃,严厉地警告它:"小宝,你可不能咬奶奶!"

小宝看看我,看看妻子,又看看母亲,眼神是温顺的。

妻子试着把小宝放到地上,可它一着地,就撒腿向母亲奔去。

我大喝"小宝",又高高地举起手中的棍子。它恍然大悟似的,立马在母亲面前摇头摆尾起来。

"小宝聪明,认得家里人的。"母亲笑了。

还好,母亲在我们家小住那段时日,小宝没有攻击母亲,能和老人家和平共处。

但此后在街上遇到老人和小孩,我试着哄它:"那是我们的亲人啊!"小宝就"汪汪汪"地冲着我叫,意思是抗议我存心骗它。没法儿,不能信马由缰,还得牢牢地管束它。

小宝爱美女,却不爱同类。遇到狗狗,即便是漂亮的母狗,它也爱搭不理的,除非那母狗主动向它示好,它才平静如水地看一眼。

"你们家的宝贝儿很清高啊,我们家的公主都含情脉脉了,它竟然无动于衷。"

那天我牵着小宝遛弯,遇到有位美女也牵着一条漂亮的小狗。很显然,小宝只对美女感兴趣,又直奔过去,彬彬有礼且十分虔诚地给美女作揖。对美女牵着的狗,小宝只是不动声色地瞧了一下。

美女被打动了,双眸亮晶晶的。"你看,帅哥靓妹,这两条狗狗多般配啊!我们做月老,牵线搭桥,让它们相亲相爱,生一群聪明伶俐的儿女,多好!"

我却只能轻轻地摇头,十分遗憾地说:"我也很想成全这等美事,可我们家的小狗它……"

"它怎么啦?"美女急切地追问。

柳暗花明

"它已经做过绝育手术了!"我弱弱地回答。

美女有些失望,不,是不满,埋怨道:"你怎么能强行剥夺它爱的权利,也太残忍了吧!"

我说:"真不好意思,别人送给我时就这样了。"

她问:"谁送给你的?"

我说:"一位美女。"

"她干吗把这么漂亮的小狗送给你?"

"因为她是个女老板,生意做大了,一家人都忙,没精力照顾它。而我……我是个作家,在家爬格子的时候多,看管它方便。女老板觉得我有爱心,就把小宝送给我,他们放心!"

"可她为什么要给它做绝育手术呢?"美女很是迷惑。

"这个我还真不知,也不曾问过。"我回答。

"唉!"美女说着,一步三摇头地走了。

后来我问女老板:"小宝如此聪明,又爱美女,你为什么要给它做绝育手术?"

"它太花心,不专一!"女老板的脸上飞起一团红晕,不动声色地笑笑,顾左右而言他。

(原载于《小说月刊》2021年第4期,入选亚特兰大孔子学院2021年夏季版《阅读》教材)

贼

清风徐来,鸟声啁啾。眼前的景色不错,伊蕾的心情也好。现在,她独自在松涛公园的一隅散步,尽情享受这自由自在的美妙时光。

忽然,伊蕾感到自己背上正有尖锐的东西在顶。她轻轻回过头来,才发现自己遭遇了贼。贼手里的钢刀明晃晃、冷飕飕的。

贼凶神恶煞似的瞪着伊蕾:"识趣一点儿,就不要让我动手。我若动手,你定要流血。听着,乖乖地把金项链取下来交给我……"我的天,羊怎么斗得过狼?伊蕾脑海中闪过一个念头,慌乱中她颤抖着取下颈上的那串项链。

贼麻利地收好钢刀,一把夺过这金灿灿的宝贝,大摇大摆地扬长而去。望着贼鬼魅似的背影渐行渐远,伊蕾惊魂未定,好一阵心情才平静下来。然而出人意料的是,贼不但不担心她报警,反倒恼羞成怒、咬牙切齿地折转回来,把金灿灿的项链狠狠地朝地上一扔,气急败坏地冲伊蕾咆哮:"臭娘儿们,老子悄悄跟踪你好半天,费了九牛二虎之力,得到的竟是一串假冒货!既然知道它是假的,你怎么不早说?你安的什么心?"贼的眼睛瞪得如牛眼大,仿佛要吃了她。

伊蕾并没打算躲开,她纹丝不动地站在原地,昂起头问贼:"你怎么知道这金灿灿的项链是假的?"

"臭娘儿们,你还想耍我?我去过公园门口的那家珠宝店,他们鉴定的结果会假?再要骗我,找死啊你!"贼把牙齿咬得格格响。

伊蕾仍然面无惧色、昂首挺胸道:"这位兄弟,我们夫妻俩都是下岗工人,哪有钱去买真金项链?但是丈夫真的爱我,弄串假的给我戴上,以假当真,让我体验体验、自我陶醉一下都不行吗?人活在世上,谁都有追求美好和感受高贵的权利吧?"

"这……"贼一下愣住了,"你……你怎么不早说呢?"

"我早说?"伊蕾心想,"我早说你会信吗?你还不……"

贼低下头,将项链从地上捡起来,塞进伊蕾手中。

伊蕾接过项链,轻轻地说:"这位兄弟,我看你身强力壮的,去找份正经事做吧,干什么都能养活自己,都比干这个要强得多呀……"

贼眼里有了一丝愧意,却没敢正眼看她,低着头用含糊的声音说了句:"对……对……对不起了……"然后,撒腿就往公园门口跑去。

这时,晚霞绚丽,公园的林荫道上也洒落了一层黄灿灿的碎金。

(原载于《小说月刊》2021年第6期)

那时

有年岁末,某小国向朝廷进贡,贡品是三个看起来没有区别的金人。皇帝很开心。

小国的使者有一请求,要朝廷三日内回答他:三个金人谁最珍贵?

堂堂泱泱大国,如果被这等问题难住,岂不颜面尽失?所以,小国使者一退出,皇帝就请大臣巧匠们对三个金人进行全面而深入的鉴定。可是:称重量,三个金人没有差异;看大小,三个金人一模一样;测质地,三个金人完全相同;论工艺,三个金人难分伯仲……转眼两天过去,大臣匠人们也想不出锦囊妙计,皇帝心急如焚。

天无绝人之路。就在那时,一个已退休多年的老臣忽然要求拜见皇上。他对皇上信誓旦旦地说,如果鉴定不出三个金人谁最珍贵,他愿献上身家性命!皇上将信将疑,又无妙法可施,只好接受老臣奏请。

翌日,老臣和小国使者上朝。

众目睽睽之下,只见老臣把一根稻草轻轻插入第一个金人的左耳。群臣定睛细看,发现那稻草已从金人的右耳中穿出。他们顿觉滑稽。

老臣不动声色,又将一根稻草小心插入第二个金人的左耳。群臣屏息静观,又见那稻草竟从金人的口中吐出。他们忍俊不禁。

老臣也莞尔。笑过,便将一根稻草径直插入第三个金人的左耳。群臣拭目以待。可这次,稻草却被"吞"进金人的肚里,再也未见露出。

群臣愣了。

老臣举目四望,问:"谁最珍贵?"

鸦雀无声。

老臣只好亮出答案:"就第三个金人嘛!"

小国使者颔首称是,皇上亦龙颜大悦。

小国使者退朝后,皇上有意当着群臣之面询问老臣:"爱卿,你凭什么认定第三个金人最珍贵?"老臣毕恭毕敬:"第一个金人左耳进的东西就会从右耳中穿出,第二个金人左耳进的东西亦很快从口中吐出,只有第三个金人——能让进入耳中的东西,牢牢封存在肚里。人生两耳一嘴,不就是要我们虚心倾听、多听少说,最好金口玉言、守口如瓶吗?"

皇上连连点头,群臣对老臣更是刮目相看。

然而那晚,老臣却做了一个噩梦:梦见大山深处,骄阳之下,有只老虎突遭一群豺狼围攻。老虎猝不及防,倒在血泊之中。老臣吓出一身冷汗。醒来,赶紧收拾行装,悄悄远逃。

第二天,皇上欲赏赐老臣,传令老臣进宫,方知老臣已无影无踪!

(原载于《小说月刊》2021年第6期,转载于2021年6月18日《作家文摘》、《小说选刊》2021年第8期)

宰相申鸣

原本,申鸣只是楚国的士子。他很有孝心,常陪父母漫步花丛、休憩绿荫,每天为父母端茶递水、挠痒擦背……原本,他就想这样,生活纯粹,与世无争。他觉得挺好!

楚惠王熊章闻知申鸣的为人和才气,颇为赏识,请他出任楚国的宰相。

"可我只想做父母的孝子,不愿做王的大臣。"申鸣回绝,波澜不惊。

楚惠王很意外,就问:"既然你是父母的孝子,那父母的话你总会听,父母要你做的事你不会拒绝吧?"

"那是自然!"申鸣爽快回应。

于是楚惠王采取迂回战术,派人去找申鸣的父亲。

听说申鸣不愿做宰相,父亲苦苦相劝:"我儿,在家尽孝固然是君子所为,但大丈夫更应胸怀天下,壮志凌云。你去辅佐君王,治国安邦、造福百姓,光宗耀祖、世人景仰,此为积大德啊!"

申鸣接受楚惠王招募,入朝为相。

三年后,白公熊胜因与郑国有杀父之仇,不满楚与郑结盟,于是举兵起事。形势危急,申鸣主动请战,出征平叛。

消息传来,申鸣的父亲忧心忡忡,茶饭不思,试图阻止他:"我儿,如今我们已年迈体衰,你不能随侍在侧也就罢了,还要舍命征战,以身涉险,这是不孝之举,会毁了你的一世孝名。"

申鸣含泪道:"父亲,自古忠孝不能两全,食君俸禄,忠君之事,眼下国家有乱,我岂能置身事外?"

申鸣拜别双亲,披挂上阵,最后率军将熊胜的叛军围困于慈利。

熊胜已处劣势,但他的手里,握着一张王牌——申鸣的父亲。

申鸣是有名的大孝子,熊胜当然知道。他采纳部下石乞的建议,劫持了申鸣的父亲,以其父性命相逼,以平分楚国相诱。他想,若能借此胁迫申鸣退兵,并得其襄助,自可一举反败为胜。

岂料申鸣油盐不进,软硬不吃。

"为人子,我当尽孝;时为人臣,自当尽忠。此番临危出征,剿灭叛贼就是我的使命,岂容你阴谋得逞!"申鸣派人正告熊胜。

熊胜一怒之下,杀死了申鸣的父亲。

申鸣强忍悲痛,亲率大军攻陷慈利。熊胜战死。

申鸣班师凯旋。楚王率百官迎接,满城百姓夹道欢迎,纷纷向申鸣欢呼致敬。

楚惠王激动之余,要赏赐申鸣一百斤黄金。

申鸣拒绝了:"辅佐国王、护国安定,是我的职责,何需犒赏?这次平定叛乱、诛杀逆贼,我尽了一个忠臣的职守;叛贼劫持我的父亲,我却不能出手相救,眼睁睁看着他惨遭杀害,这是我做儿子的不孝。行不两全,名不两立,我不孝至此,还有何颜面立于这世间?"

言罢,申鸣面朝家乡方向伏身跪拜,以头叩地毕,飞身撞柱而亡。

满朝惊愕。

楚惠王痛惜不已,后下诏,在申鸣的故乡(今湖南省常德市临澧县新安镇古城村)筑城,予以纪念。

(原载于《小小说月刊》2021年7月上半月刊,转载于2021年7月30日《作家文摘》,入选美国亚特兰大孔子学院2021年夏季版《阅读》教材)

公主的新衣

话说赵匡胤黄袍加身,做了大宋的开国皇帝,全家人都如沐春风。赵匡胤的爱女永庆公主也成天吹拉弹唱,琴声如杨柳依依,轻拂波光粼粼的湖水。

阳光明媚,鸟语花香。永庆公主想给赵匡胤一个意外的惊喜。

"父皇,请受女儿一拜!"像大臣觐见皇上一般,公主双膝跪地。

"哟,永庆公主!罢了,罢了!"正埋在公文堆里的赵匡胤猛然抬头,不禁眼前一亮,"是什么风把你吹来的?"

"春风!"公主踮起脚尖,舒展腰肢,有意在赵匡胤面前轻轻地旋转了一周。

俨然欣赏一件精美的艺术品,赵匡胤惊喜地端详着公主。原来,公主穿了件新外衣,上面用金丝缝缀着一片片的孔雀羽毛。从窗口射进来的缕缕阳光,照得公主的新外衣熠熠生辉、十分华丽。

"父皇,女儿今天漂亮吗?"公主昂首挺胸、神采飞扬。

"唔,漂亮!可是……"赵匡胤慢慢地收敛起笑容,对着公主皱了皱眉。

"可是什么嘛?"公主娇滴滴的。

赵匡胤又上下打量了一番公主:"你得把这件新外衣脱下,存放在我这儿。我替你永久保管。"

"父皇，您什么意思呀！"公主一愣。

"这件新外衣你不能再穿了！"赵匡胤规劝。

公主不解："为什么，父皇？"

"用金丝缝缀着片片孔雀羽毛的外衣固然漂亮，但你知不知道这件外衣有多贵？"

"多贵？我是大宋的公主，穿件新外衣有什么不可？再说，现在皇宫内外，这种金丝翠羽多得是！父皇，您可不能小题大做！"

赵匡胤正色道："正因为你是公主，所以不可！"

"为什么？"公主噘了噘嘴。

"春秋战国时期，齐桓公喜欢穿紫色的衣服，于是全国上下都穿紫色的衣服。你听说过吗？"

公主眨眨眼："那又怎样？"

"结果，齐国的紫色布料紧缺，一下子贵了许多倍！试想，你是大宋的公主，你可以穿这种新外衣，皇宫内有身份有地位的女人是不是也能穿？皇宫内有身份有地位的女人可以穿，都城里有身份有地位的女人是不是也能穿？都城里有身份有地位的女人可以穿，全国各地有身份有地位的女人是不是也能穿？如果全国各地有身份有地位的女人都来穿，大宋要浪费多少钱财呀？"

"这……"公主有些尴尬了。

赵匡胤继续语重心长道："大宋开国之初，军队需要钱，赈灾需要钱……百废待兴，用钱的地方多得是！你是大宋的公主，地位够高的，生活也够宽裕了，不要身在福中不知福！"

话已说到这个份儿上，公主只好小心地脱下那件外衣，悻悻地退出皇宫。

公主闷闷不乐，匆匆去找杜太后。

"父皇自己穿着金灿灿的黄袍,却不许女儿穿一件新外衣?"公主把嘴噘得老高。

杜太后听了呵呵一笑:"你在说皇上那件黄袍?它的布料和一般官员穿的衣服料子并无差异呀!"

"真的?"

"真的!"

太后拉过公主的手,十分爱怜地摩挲着。

公主禁不住落泪了,一滴一滴,很亮。

(原载于《小说月刊》2021年第8期,转载于《小小说选刊》2021年第22期)

这个老爷子

老爷子住在乡下。绿树翠竹掩映着红砖青瓦的房舍，四周庄稼果木环绕，微风一吹，温馨的泥土气息和果蔬幽香，就如一壶老酒，熏得他们一家男女老少脸色酡红。

老爷子虽年逾九十，满头银发，却依然精神矍铄。他身上常穿城里难得看见的土布对襟褂，腰间斜插一支吊着红布烟袋的旱烟管，一走动，布烟袋就晃来晃去，像他一样精神。

近些年，儿女不让老爷子下地劳作，但他闲不住，仍旧一丝不苟地把小院子打理得方方正正，蔬菜一茬接一茬，从未间断。

一家人的田园生活也悠闲自在。

想不到的是，老爷子记性越来越差，很快就认不得自己的儿女。还时常在家里大喊："誓死守卫长沙！要为牺牲的战友报仇！杀鬼子、杀鬼子啊！"喊过之后，又高举棍棒，俨然高举大刀，向"鬼子们"的头上砍去。

"老爷子这是怎么啦？动辄疯疯癫癫的！"他的儿女想不明白。

送到医院检查，医生说老爷子患上了阿尔茨海默病。"这是什么病啊？"女儿惊问。"就是老年痴呆症嘛。"医生解释。儿子和女儿都无奈地摇头。

有个风雨天，老爷子忽然扛起家里装米的袋子就往外跑，边跑边下命令:"日本鬼子要进攻长沙了,战友们,赶快垒筑防御工事!"儿子劝不住也拦不住,哭笑不得。心想,老爷子病了,糊涂了,由他去吧。

"可这还真不是办法,万一哪天,老爷子走丢了,我们怎么找他?"儿子担心,找女儿商量。

女儿略一愣,说:"不如在老爷子的衣服上贴张字条,写上我俩的手机号码,方便好心人联系。当然,字条贴在背上更好。"儿子点头。

果然不久后的一天,老爷子冷不防离家出走了。路上看到一辆行驶的军用卡车,老爷子就像遇到了大救星,赶紧狂追上去,一边追一边招手:"等等,等等!"司机从后视镜里看到了,很快停住车。

"老大爷,您要干吗?"等老爷子追上,司机询问。

老爷子迫不及待地说:"日本鬼子在进攻长沙,我迷路了找不到部队,请你火速送我上前线抗日!"

司机莫名其妙,心想,老大爷肯定精神有问题,这可咋办?

正欲扶老爷子在路边休息,忽然瞥见老爷子背上的字条,立即打电话联系。

匆匆赶来接回老爷子后,女儿愁眉:"这就奇怪了,老爷子总嚷'抗日、杀鬼子、保卫长沙',可他就是一介农夫,打仗与他何干?"

"妹,你别多想,反正老爷子痴呆了,我们悉心照看就是。"儿子安慰女儿。

渐渐地,儿女对老爷子的反常之举也见怪不怪了。

到了冬季,天寒地冻。某天清晨天蒙蒙亮,老爷子竟冒着刺骨的寒风,颤颤巍巍地奔向村子附近的河边,大喝一声"上刺刀,杀鬼子,拼了"后就纵身跳河。

路人见状,赶紧呼救。众人七手八脚,合力将老爷子营救上岸。老爷子的儿女闻讯赶来。未料老爷子虽已嘴唇发紫、全身哆嗦,口中仍在念叨:"刚才接到薛岳长官的命令,让我部死守长沙!"停一停,缓过气来又喊,"新墙河南岸决不能失手,决不能让日本鬼子打过来!战友们,死守,死守!"

这种情形令老爷子的儿女十分尴尬。在儿子拱手向众人致谢之际,女儿赶紧俯身劝阻老爷子:"老爸老爸,如今早就不打仗了,还哪儿来的日本鬼子?"老爷子一听火冒三丈,怒斥道:"你胡说,我的部队就在长沙抗日!现在,战友们子弹都打光了,要和小鬼子拼刺刀!"挺一挺身子,又向"部队"下达命令,"兄弟们,全体上刺刀,准备白刃战!"女儿不知说什么好,儿子则在一旁摇头叹息。

"这是咋回事啊?"众人云里雾里,哄堂大笑。

"乡亲们,我是一名退伍军人。我知道你们没有恶意,但是请不要笑了,大家安静下来。"这时,一个精壮汉子从人群中站出来,动情地说,"一个没有经历战火洗礼的人,不可能对战争如此刻骨铭心!所以我想,老大爷肯定是位抗日英雄!"

"这……"众人愣了。

"可老爸一直在乡里,日出而作,日落而息;凿井而饮,耕田而食,就是个地地道道的农民。从来没听说他当过兵,打过日本鬼子,家里也没有物证啊!"老爷子的女儿皱眉。

"是啊!"老爷子的儿子也在一旁应和。

"可这事实在太蹊跷,"退伍军人启发道,"你们再好好想想,好好了解一下老大爷的情况吧。"

这时,老爷子又急迫地大喊起来:"二狗,快把那把大刀拿来,杀鬼子、杀鬼子啊!"

退伍军人的眼眶一下子红了,眼里噙满热泪。他认真地叮嘱老爷子的儿女:"好好看护老人吧。看样子,这事我得上心。"

第二天,退伍军人就带着一位记者上门采访老爷子。当他们一提起国民党第九战区司令长官薛岳的名字,老爷子立马挺直身子,举手行了个标准的军礼。"请长官放心,我们一定杀尽鬼子,守住阵地。人在阵地在,誓与阵地共存亡!"起誓时,老爷子满脸的英雄气概。

经过他们悉心开导,最终,老爷子从家里找出一把锈迹斑斑的大刀,当即举刀挥舞,那招式与历史上记载的抗日大刀队一模一样……

记者的报道很快在当地引起不小的轰动。

老爷子十六岁那年(1937年)投笔从戎,所属部队是国民革命军第三十七军。因为杀敌英勇,两年后被提升为连长,上级给他配了个勤务兵叫"二狗"。老爷子参加过在湖南发生的长沙保卫战、常德会战和长衡会战。在长沙保卫战中,老爷子所部负责防守岳阳新墙河南岸,日本鬼子雨夜突袭,老爷子所部死战不退,子弹打光了就和鬼子拼刺刀。日军多次猛攻也未能突破新墙河南岸防线,后来用毒气弹才迫使老爷子所部撤退。在抗日战争中,老爷子参加战斗上百次,杀敌无数,多次身负重伤都闯过了"鬼门关"。抗战结束后,蒋介石发动全面内战,老爷子不愿打内战,毅然选择退役,解甲归田,从此绝口不提自己的抗日往事。之后,老爷子结婚生子,安心地过起他的农耕生活……

当地政府部门经过调查核实,得出的结论是:老爷子是当之无愧的抗日英雄!

"这个老爷子!"

得知真相后,乡亲们对他禁不住肃然起敬。

"这个老爷子!"

那动人的故事更令儿女们饱含泪水,为英雄的父亲骄傲和自豪!

(原载于《山西文学》2021年第11期,转载于《微型小说选刊》2021年第21期)

柳暗花明

妻不在家

结婚三年，夫妻俩很少磕磕绊绊，两人天地无不充满春日般的温馨、夏日般的浪漫。可这次，妻却说，她要出差了——时间是明天上午，地点在大雪纷飞的哈尔滨。临行，妻再三叮咛，叫我晚上不要熬夜爬格子，也不必为她的旅途担忧，还捏着我的鼻尖讨诲，叫我无论如何坚守自己的城池。我说，一定的，一定的。妻莞尔一笑，打点行李踏上了遥遥的旅途。

妻一走，房间顿时空落落的，我也似乎失去点儿什么，深深的孤独与寂寞如潮涌来。推开窗户，一阵凉风袭上心头，好大的雪哟！我赶紧插好电炉准备取暖。

咚咚咚！有敲门声，很轻，很温柔的。会是谁呢？我起身开门，发现门前竟亭亭玉立着一位年轻的姑娘。姑娘长得很美：满头瀑布般的秀发，一双清亮如水的眸子，细长的柳叶眉，新月般姣好的面容……我的心里在打鼓："姑娘，找错地方了吧？"

"不！"姑娘微微一笑。我只好把她迎进家门。

坐在温暖的电炉边，姑娘的话语迅速升温。她告诉我，她在吉林读书，经常利用余暇读我的诗歌。读着读着，心里就升腾起一种美好的情愫，如碧波荡漾。她也是一位文学发烧友，对我的文字尤其着了迷。好不容易从一家报社打听到我的住处，便瞒着父母、冒着风雪立即赶来了。说是渴望我能传经送宝、指点迷津，不然，她就久居酒店不归。

我不禁为她深深捏了一把汗。"女儿杳无音讯，父母不着急吗？让我打电话告知你父母吧！"想到这儿，我说。

她说："不必，待日后吓他们一大跳才浪漫呢！"

这个女孩儿！我给她冲了杯清香四溢的红茶，接下去便开始搜索枯肠，看有无抛砖引玉的法宝。我告诉她："读书破万卷，下笔如有神。"她说："鬼话，我读了那么多中外文学名著也未能写出半篇好文章！"我又告诉她："写写写，实践出真知，功到自然成。"她同样摇头："我写的东西早已汗牛充栋，写得还不够吗？"我摸摸后脑勺，沉默。好一阵儿，姑娘忍不住笑了，说："别紧张嘛，到外面踏踏雪，好不？"我说："当然可以。"

走在厚厚的纯洁无瑕的雪地上，随着脚下发出嘎吱嘎吱的声响，我们又开始漫无边际地闲聊。我告诉她："上学那会儿，我最得意的事就是——深夜躲在学校后面的竹林子里装鬼，吓得女老师们通宵不敢熄灯睡觉。"她告诉我："小时候真是嘴馋，经常偷我妈装在玻璃缸里的红糖吃，后来发现糖少了，我妈还以为是家里的小花猫使坏。"就这样边走边谈，我猛然觉得我们很像一对恋人，不觉脸微微泛红，耳根也有些发烧。但一瞅姑娘还像清晨的露珠般晶莹透亮，这种想法马上又荡然无存。

一连几天都是这样，我仍不知怎样告诉她作诗的真谛。后来了解到姑娘是在苦水中泡大的，正巧我也有段哑巴吃黄连的痛苦经历，于是想起"苦难是一笔财富""石上种柏，逆境生人"的道理。我立即把过去的坎坷娓娓道来，直听得姑娘泪光闪闪，不住地感叹。末了，我说："假如我的生活真是首诗，我就写不出诗了。"

橘黄的路灯下，雪花纷纷扬扬、静静飘落，依恋地追逐着我们翩然起舞。

南方很少这么下雪，靠近小树林的地方总有三三两两的情侣在玩雪嬉戏，不时有甜甜的笑声传来，那热恋中的亲吻剪影更是令人浮想联翩。低头走着，脚下的白雪发出咯吱咯吱的声音，宛如我的心跳，七上八下。

　　"你怎么不说话呀？你知道此时此刻，我脑子里在想什么吗？"她忽然不经意地轻轻挽住我的手臂。"想什么？"我的声音微微有些颤抖。她便定定地看着我，眼眸如水，红唇妩媚。"多希望此时，自己就是一朵雪花，无声地融入你的怀抱。"

　　我没有准备，一下手足无措。她的红唇离我那么近，微微开启，如蝶翼般扇动。我盯着看了几秒，然后把头扭过去，生怕自己控制不住。

　　"我不走了，留我吧？"她突然睁大眼睛望着我。"不行，不行！"我想起妻临行前曾叮咛我要"坚守城池"。姑娘的泪顿时如决堤之水，怎么都擦拭不净，好不容易她终于止住泪水松开我，头也不回地疾步向酒店走去。

　　翌日一大早，她匆匆离去。但很快她又来信，说随时欢迎我去吉林造访。

　　妻终于回来了，笑盈盈的。她说："北方的雪好大好纯洁哟！"我则说："南方的冬天不也一样晶莹透亮嘛！"

　　妻上下打量我，盯着我问："这段时间你就没有故事？"

　　我笑答："试着写了一首诗，为你写的，念给你听听——"

（原载于《当代人》2021年第11期，转载于2021年12月10日《作家文摘》、《小说选刊》2022年第1期）

视野

你说奇怪不，书城一觉醒来，眼前便似有一团雾遮掩，看什么都模糊不清。书城起初不太在意，心想等两天就会好吧。可一周过去，情况竟无丁点儿转变。

什么原因呢？是不是睡眠不足所致？于是下决心狠狠地睡上一觉，足足睡了十来个小时，睡得自己的确没有丝毫的睡意了。但醒来后，眼前依旧有一团雾萦绕。

可能是眼睛发炎了！书城推断。又滴眼药水，又吃消炎药，三天过去，依然如故。

第二天上班，单位司机拉着书城下乡。途中，书城把自己眼前有一团雾遮掩的情况和司机讲了。

司机听后说："你这可能是外病，中邪了！我给你介绍一个老太太，她看外病非常灵验。"

下乡回来后，书城就迫不及待地去找司机给他介绍的那个老太太。

老太太个子不高，人干瘦干瘦，慈眉善目，一副很精灵的模样。她家的房子偏矮小，屋里的光线不太好。家中就她一人。

听书城说过情况后，老太太试探着问："小伙子，近段时间遇到过什么怪事没有？"

书城愣了下，略一思忖，还真是想起一件事——

有天夜晚，他去单位加班赶写材料。单位在政府机关大院内，是一幢上下两层、只有八间办公用房、坐北向南的小楼。

那时一楼的会议室里亮着灯，四个男同事围桌而坐，正兴致勃勃地玩着牌。书城没有打扰他们，径直走向小楼最西端的楼梯。上楼，按亮过道灯；开门，进入自己办公室；又随手关门。

当时二楼整层就他一人，静得连根针落在地上都能听清。书城坐下后，不一会儿就进入工作状态。

突然，东头办公室传来几下干咳声。那间办公室和书城的相邻。

书城心头一紧，不由自主地放下手中的笔。他知道，这是他们头儿的干咳声。头儿上班时经常在办公室里这样干咳，书城早已习以为常。可现在，书城真的毛骨悚然，因为头儿已于十天前去世，是肝硬化，才四十七岁。

此时，书城心想，头儿一定是舍不得他的宝座，故而阴魂不散！三十六计走为上，自己得赶紧离开，材料拿回家去写。

书城收拾东西，准备起身。

这时，窗外又响起干咳声。书城一看，头儿就站在自己办公室的窗户外，表情和生前一样严肃。

不能怕，越怕越有鬼！

书城狠狠地直视着窗外，摆出一副无所畏惧的样子。待他目不转睛地盯上一会儿后，窗外的人影便像一团雾那样慢慢地散开直至消失。

即便如此，书城仍旧感觉汗毛倒竖、全身发冷。必须马上离开！他握紧拳头给自己壮胆。

大步走到门口，熄掉办公室的灯，随手关上门，头也不回地顺着过道一往直前。过道灯就不熄了，赶紧沿着楼梯蹬蹬地下楼。

当时有个玩牌的同事内急，又懒得上厕所，正站在门外对着办公楼前的排水沟撒尿。书城和他相视一笑，什么也没说。

幸好有同事在会议室里玩牌，幸好有同事出门撒尿，不然……

回到家里，书城心有余悸，什么都不想做就拥被而睡，也没告诉家人他遭遇了什么。

听了书城的叙述，老太太说："你是鬼附身了。"继而又从容不迫地安慰他，"别慌，我有办法。"

问过书城的姓名、生辰八字和住所后，老太太掐指算了算，随即端来一小碗清水，口中念念有词地说了一番，然后用右手食指在清水中划拉一下，接着把碗递给书城，让他一口喝光这碗清水。

"完事了？"喝完清水，书城问。

"等等，还没完呢。"老太太叫书城站在原地别动，自己则转身走进房间。

不一会儿，老太太出来，手里拿着一个黄纸扎好的三角形符包。"回家后，你把这个东西放在枕头下，每晚头枕着它睡觉。三天后你看东西会逐渐清晰，一周后你的眼疾就完全好了。听懂了吗？"老太太叮嘱书城。

书城点头，心里却将信将疑。

临走时，书城付给老太太一千元的"就诊费"。

回家打开符包，但见黄纸上画着他看不懂的神符，符包里装着桃仁、白米、纸灰等等。

书城把符包复原，试着每晚枕着入眠。一周后，眼前的那团雾还在。

书城便去了医院。医生告诉他，其实，他眼前根本没什么雾。至于那天晚上听到的干咳声和窗户外的影像，属于幻听幻视，可能是工作压力大，心理作用使然。

书城听后，长出一口气。他使劲眨了下眼睛，奇怪，眼前的那团雾确实不在了。

书城赶回单位,正巧碰到民警把单位的那个司机带上警车。同事们都在议论,司机经常给神婆介绍"病人",并从中分成。

看着远去的警车,书城顿时觉得,自己的眼睛比以前更加清晰、明亮了。

(原载于《海燕》2021年第12期)

体态

鳖畾舄和肖力元在一个单位上班。肖力元才调入不久，年轻；鳖畾舄已工作多年，年长。两人经常结伴儿，深入乡村或县直单位开展工作调研或督查。

第一次督查青松村。到了村部，下车伊始，肖力元就在前面大步流星，鳖畾舄则跟在其后迈着八字步，两人径直向办公楼走去。

村支书见了，先是满面春风地走近鳖畾舄，表达热烈欢迎之意，再转身追上肖力元，和他握手，引他们上楼，进会议室。

村支书的举止让鳖畾舄和肖力元愣了一下，两人都张口想说什么但是没说。

村支书和村主任在椭圆形会议桌一侧，鳖畾舄和肖力元在另一侧，他们相对而坐。服务员也是先给鳖畾舄端茶递水，之后再走向肖力元。

肖力元介绍完督查目的、方法和内容，村支书和村主任就开始分头汇报。两人汇报时，都尽可能多地注视鳖畾舄，小心翼翼地察言观色。鳖畾舄始终笑着听着，默不作声。肖力元则不停地做着记录，插话询问。

等他们汇报结束，肖力元就发表讲话。讲完了，他们就把目光投向鳖畾舄，意思是请他作指示。

"我就不讲了！"鳖畾舄只说这么一句，神态像尊金口玉言的菩萨。

接下来到点上查验现场。村支书和村主任不敢怠慢,边走边向鳖畾帚和肖力元介绍村里的工作举措。他们的注意力依然放在鳖畾帚身上,鳖畾帚仍然是笑着听着,默不作声。倒是肖力元在一旁不停地思考、插话和询问。

点上查验结束,还是肖力元主动进行总结。总结完,村支书和村主任又看向鳖畾帚,示意他总结拍板。

"我就不讲了!"鳖畾帚仍旧这么说。

要吃饭了,村支书和村主任热情洋溢地拥鳖畾帚坐主客位,欲尽地主之谊,请他多喝点儿酒,可再怎么劝,鳖畾帚都说自己不能喝。肖力元则恭敬不如从命,先陪他们喝几盅,再回敬他们几杯。

"领导城府深,秘书很坦率!"送走鳖畾帚和肖力元后,村支书和村主任私底下交换意见。

返回单位途中,鳖畾帚禁不住笑了,肖力元也憋不住笑。

"下次吧,我得先介绍我们这边的情况。"鳖畾帚下意识地说。

"没必要的。"肖力元不以为然,"这样好,挺有意思!"

第二次到沅澧街道开展调研。街道党委副书记、办事处副主任等领导一样围着鳖畾帚转,重要的话、重要的事都向鳖畾帚汇报,对鳖畾帚毕恭毕敬,留意他的举手投足。服务员端茶倒水、上烟敬酒也都先鳖畾帚再肖力元。

调研过程,同样是肖力元提问、做记录,鳖畾帚一言不发地听。调研结束,当肖力元一二三四做完总结,街道领导一齐把目光投向鳖畾帚,示意他作重要指示,鳖畾帚还是那句老话:"我就不讲了。"

之后去供销社、工业园、科技局等县直单位督查或调研,情况也大抵如此。

每次返回单位途中,当鳖畾帚不好意思地提起"下次我得先介绍我们这边的情况"时,肖力元依然淡淡一笑道:"这样好,挺有意思!"

只有最后到县文联办事，文联领导才把肖力元当县政法委副书记恭候，把鳖㗊㗊当司机来对待。因为文联主席很早就认识肖力元，也知道肖力元调到他们县任职的情况。

"老兄，为什么咱们县那么多单位都认定我是司机、而鳖㗊㗊是领导呢？"办事之余，肖力元笑问文联主席。

文联主席呵呵一笑："这还不简单？你精瘦精瘦，长得像个打工仔；司机呢，肥头大耳，活脱脱的宰相身材！"

（原载于《小说月刊》2021年第12期）

命运

西琴在池塘里生活得很自在,要不是那天瞥见一条肥美的蚯蚓在水中晃动,要不是那天它游过去张口就咬那条蚯蚓……可是晚了,悲剧立马发生。它的樱桃小嘴被一个凶残的鱼钩钩住,在一阵锥心的疼痛之后,鲜血汩汩流出。它想挣脱,可无济于事,只好认命,眼睁睁地被拖出水面摔到了岸上,又被垂钓者信手扔进深深的鱼篓里……

南大街菜市场,一位老太太左看右看,流露出满意之色,毫不犹豫地买下西琴。

"老人家,求求您发发善心,放我回家吧。家有父母和兄弟姐妹,我舍不得它们,它们没有了我,恐怕都活不下去了。"西琴在菜篮子里哀求,可老太太听而不闻。看来,死里求生是不可能了,西琴索性闭上眼睛,任由命运的安排,油煎也好,炖汤也罢,怎么死都是死,早死早托生。

老太太急匆匆地来到池塘边,这池塘正是西琴的家。老太太一边鞠躬一边祈祷,然后小心而迅速地把西琴放入水中。西琴想,我的运气真好!它一个猛子扎进水中,很快又浮出水面腾空一跃,向救命恩人深深地鞠了一躬。它游走后又回头,看到救命恩人还在水边祈祷,救命恩人慈眉善目的模样永远定格在它心灵的深处。

西琴绝处逢生,回到家里,一家子喜极而泣,但全家老小既庆幸又心有余悸。"教训深刻，教训深刻啊！"西琴的父亲长叹。西琴的母亲沉思道："咱们可不能好了伤疤忘了疼，一定要火速提醒沾亲带故的觅食时千万千万要力戒贪心，认真分辨食物与诱饵，高度警惕那不易察觉的细牢的丝线和丝线下隐藏的残忍。"

西琴的亲身经历和深刻教训一传十、十传百，很快，整个池塘里的鱼都长了见识，个个变得精明如猴。从此，诱饵再鲜再香，鱼儿只是驻足远观，看看表演，绝不咬钩，充其量轻轻地触碰一下诱饵便立即潜水，以此调戏那些盯着浮标的垂钓者。

高兴而来，空手而归。垂钓者不爽，池塘里的鱼类却很得意，还有些鱼儿甚至在挑衅。它们觉得和垂钓者玩玩这种有惊无险的游戏也是一大快事。殊不知，垂钓者是为了享受乐趣而来，钓得多少鱼倒在其次。没有收获的日子多了起来，垂钓者就没有耐心，更没了面子。他们恼怒，甚至大骂池塘里的鱼个个成了精，要想办法收拾它们。

这天，垂钓者拿一张渔网在池塘里撒，渔网拖起，被网住的鱼比被钓住的鱼不知要多出多少倍。鱼们心中生出空前的惶恐，这种绞杀几乎天天发生，危险无时无处不在，怎么办？它们绞尽脑汁就是想不出锦囊妙计，这时，又有人用电来击鱼了。"这是要让我们断子绝孙啊。"西琴看到今天这种局面，后悔自己侥幸逃脱，后悔自己死而复生，后悔自己教育同类。悲观绝望之下，西琴选择了自杀，接着，西琴的父母、兄弟、姐妹一个个自杀。此后不久，池塘里的其他鱼也都无可奈何地纷纷自杀，水面上到处漂浮着鱼的尸体，散发出刺鼻的腥臭味儿。这下岸边的捕捞者愣住了，个个目瞪口呆……

"也许垂钓者是在警示我们，如果垂钓不能如愿以偿，他们就改用网捕、电击来捕获我们！"会上，一条中年鲫鱼这样猜测垂钓者。

会议主持者老鲫鱼当即断言："只要他们再来垂钓，我们还得上钩。"

"可上钩就等于送死！"有年轻鲫鱼哀叹。

"也不一定！万一遇上行善者放生呢？西琴不是回来了吗？"

"西琴那是运气好，不是每条鱼都有西琴那样好的运气。"

"即便如此，这样也可让他们不再撒网或电击我们，每天上钩一两次，才能减少死亡。

会上大家积极发言，献计献策。最后，鱼首领皱皱眉头说："道理是这样，可让谁自愿上钩？这是其一。其二，我们要尽快找到绝对安全的好办法。"

老鲫鱼站起来大义凛然地说："要不这样吧，不如让我们这些老鲫鱼先上钩吧，越老的越要先上。爱护年幼鲫鱼是我们的责任，我们老了，离坟墓更近一些。"

鱼首领面露难色地说："这……这……这……"

老鲫鱼坚持己见，说："只能这样，为了整个鱼类的繁衍生息。"

"好吧！"鱼首领沉默良久后说，"这终归不是确保我们安全的最好办法。大家再好好想想，能否找到让我们不受侵害的锦囊妙计。"

大家绞尽脑汁，群策群力，办法终于有了。

果不其然，网捕几天之后，垂钓者又开始尝试垂钓，鱼类又开始咬钩。鱼一上钩，垂钓者又不撒网和电击了。

终有一日，无论网捕还是电击，垂钓者再也见不到鱼的踪影。垂钓者纳闷，池塘里怎么没有鱼了呢？

自从那次开会完后，鱼们万众一心、众志成城，筚路蓝缕、前赴后继，硬是在水底开凿狠挖，于池塘深处建起新的家园。它们组建了侦察兵，昼夜侦察不敢大意，发现危险情况立即报警，有警报立马潜入地下城池，待警报解除又回归池塘。为了这一天的到来，它们牺牲了整整一代老鱼，终于过上了太平的日子。

尽管是池塘，但地块好，它们万万没有料到，太平的日子没过多久，池塘就被人填平，建起了一座高楼大厦。开发商哪管池塘里鱼们的命运?他们大肆宣传他们的楼盘,激起人们的抢购风潮。

若干年后,鱼们都成了化石……

(原载于《红豆》2020年第4期,转载于《小说选刊》2021年第1期,入选《2020年中国微型小说排行榜》《2020中国年度小小说》)

鹞鹰之死

那时，鹞鹰几乎人见人爱。它像鹰但比鹰小，长着鹰的尖喙却没有鹰之凶猛。只要训练有素，会用自己的尖喙给主人梳头、挠痒痒。盛夏酷热的夜晚，还会伫立在主人的床头，轻轻扇动翅膀为主人送凉驱蚊。如果主人的偏头疼犯了，甚至会用尖喙和爪子轻轻按摩主人的头部穴位，据说很有奇效。当然，大唐时流行的胡旋舞，鹞鹰也跳得很美……

唐太宗李世民亦爱鹞鹰。

贞观四年的一天，鲜花盛开、风和日丽，有人给唐太宗送来一只鹞鹰。这只鹞鹰形态俊美、毛色漂亮。

唐太宗甚喜，就在内宫赏玩。他把鹞鹰放于肩头，向前平伸出左臂，让鹞鹰在自己的肩头和手臂上翩翩起舞。

"咱大唐啊，一年判死刑者仅二十余人，百姓安居乐业，到处路不拾遗、夜不闭户。四海一统、天下和谐、寰宇来朝，这种盛世景观，中国几朝几代有过？"唐太宗一边欣赏鹞鹰舞之蹈之，一边扬扬自得，"嘘嘘嘘"地吹起口哨。

正在兴头上，忽报谏臣魏征已到门前，有事奏请。

俨然顽童要见严师，唐太宗龙颜惶惧。四顾无处可藏，便将鹞鹰隐蔽于怀。然后正襟危坐，清清嗓子，准备接受魏征禀报。

这一切，魏征看得分明，却佯装不知。

鹞鹰之死

"臣闻求木之长者，必固其根本；欲流之远者，必浚其泉源；思国之安者，必积其德义……"礼毕，魏征就大讲特讲治国安邦之道，并列举尧舜、秦二世、梁武帝、隋炀帝等中国古代君王详加说明，用心阐述有的皇帝就因贪图安逸享乐、沉醉声色犬马，最终导致丧国灭身……

奏请之时，他还不动声色地偷窥唐太宗怀中的动静。

魏征滔滔不绝，唐太宗心急如焚。怀中鹞鹰的气息越来越弱，唐太宗欲暗示魏征下次再奏。想想，又觉不妥。因为向来敬重魏征，只好耐心听他进谏。

结果，魏征得寸进尺，没完没了。直讲得喉咙干燥如十年未下雨的旱地，嘴角淌出的白沫沾满胡须像初冬的霜挂。

"皇上玩鹞鹰，我就玩皇上！"魏征暗下决心，"既然我都口吐白沫了，鹞鹰不口吐白沫才怪！"他又使劲给自己打气。

他继续天南地北口若悬河，直到唐太宗的怀中毫无动静。估摸那鹞鹰已一命呜呼，才心满意足地退下。

魏征一走，唐太宗就迫不及待地从怀中掏出鹞鹰，一看，那宝贝儿早已气绝身亡。心疼之余，不禁火冒三丈。

"朕一定要诛杀这个乡巴佬！"唐太宗怒吼。

正巧长孙皇后轻轻走近，便问："谁冒犯了二哥呀？"

"除了魏征，还能有谁？这个乡巴佬，简直肆无忌惮！"唐太宗气不打一处来。

长孙皇后一愣："魏征？他又说了些什么呀？"

"乱七八糟讲上一大堆，还指责我杀兄弟于殿前，囚慈父于后宫……说什么当皇帝就是赎罪的，当知耻而后进。你看你看，我不就玩了一下鹞鹰，犯得上他如此大做文章？"

"哦，这个——"长孙皇后略一思虑，便默不作声地退下。换上朝服后又匆匆折回，毕恭毕敬地给唐太宗行大礼。

"观音婢,你这是……"唐太宗一头雾水。

"恭喜陛下!陛下有福,大唐大吉啦!"长孙皇后满面春风。

唐太宗皱眉:"此话怎讲?"

"妾闻君明臣直。只有皇上圣明,大臣才会正直。所谓魏征者,为政也;世民者,世世代代济世安民也。古人云,玩物丧志。魏征只是想奉劝陛下励精图治、心无旁骛呀!"

唐太宗终于转怒为喜。

长孙皇后也窃喜。

原来是长孙皇后听说唐太宗在玩鹞鹰,便悄悄派人给魏征通风报信,再和魏征里应外合……唐太宗被蒙在鼓里。

从此,唐太宗再也没有玩过鹞鹰。

魏征死后,不知从什么时候起,寂寞之余,唐太宗就拿出一面铜镜照着自己,有时眼角闪着泪花。

群臣不解,唐太宗便道:"以铜为镜,可以正衣冠;以史为镜,可以知兴替;以人为镜,可以明得失。今魏征去矣,朕痛失一镜也!"

(原载于《创作与评论》2013年9月上半月刊,转载于《小小说选刊》2013年第22期)

穿袜还是戴帽

女人是中国人,男人是美国人。女人和男人在英国剑桥大学留学时认识了。那时,女人喜欢向男人介绍中国的春节、端午节和中秋节,而男人向女人说得最多的是美国的复活节、圣诞节和感恩节。每次,女人谈起中国的汉赋、唐诗、宋词、元曲和明清小说,男人都会不停地说"OK";而男人谈起马克·吐温、席尔瓦、惠特曼、福克纳等美国作家的作品,女人也会竖起大拇指。女人从男人那里了解了华盛顿和美国独立战争,男人则通过女人读懂了中国的诸葛亮和三国鼎立。

那时,他们觉得,中国和美国具有不同的历史和文化真好,让他们在一起总有说不完的话题,对彼此和彼此的国家都充满了好奇。

随着交流和沟通的不断深入,两颗心也不断地靠近,直到谁也离不开谁。那时,天很蓝,风很柔,阳光很温馨,他们对未来充满美好的憧憬,很快陷入如火如荼的热恋。之后,他们结婚了,婚后一起定居美国。

有段时间,男人和女人的婚姻生活真是浪漫而甜蜜。刚去美国的新鲜感和异国风情,更让女人大开眼界、乐不思蜀。

可好景不长,自从他们有了孩子,自从他们的孩子开始扶墙而立,男人和女人便产生了龃龉。

天凉好个秋!天凉了,女人要让孩子穿上暖暖的袜子,白天在家里的木地板上摸爬滚打，夜晚盖上被子放心睡觉。因为穿了袜子，即使孩子的脚伸出被子，也不担心他会受凉感冒。对女人的做法，男人强烈反对。男人一定要让孩子整天光着脚丫，无论在室内还是户外，无论玩耍着还是酣睡中。

男人倒要给孩子戴上帽子。白天让孩子戴着帽子在家里转悠或随大人外出，晚上戴着帽子盖上被子放心睡觉。对男人的做法，女人强烈反对。女人一定要让孩子头上没有约束，无论在室内还是户外，无论玩耍着还是酣睡中。

男人辩解说："脚与生俱来就是人身上最贱的器官，就是要与地面和外界零距离接触，除了行走也只能是行走的。你要保护一双脚，把它捂得严严实实干吗？你不觉得这样很滑稽、挺可笑吗？"

"不！我不能听任你这样蔑视一双脚。"女人立马抗议道，"千里之行，始于足下。没有脚，你出得了远门？见得了世面？成就得了事业和理想？寒从脚下起呀，脚是人体最易受凉的部位，脚一旦受凉，寒气就会自下而上向全身渗透，使人生病。不保护好脚行吗？"

"怎么不行？"男人举例说，"我从小不穿袜子，不也长大成人啦？"

"谁让你这样啊？"女人问。

"还能有谁？"男人脱口而答，"我父母呀！"

男人试图说服女人。男人解释说："头是出思想和智慧的器官，是人体的中枢神经所在。人和动物最大的区别是什么？人有思想和智慧，能搞发明创造呗！头出了问题怎么得了，头一旦出了问题，不能思考、想办法了，人不就成一般动物了？所以，千万不能让头受寒，一定要好好保护，让我们的孩子天天戴着帽子。"

"笑话！"妻子也辩解道，"人身上数头最能经风雨见世面，抵抗力和免疫力最强。我打小不戴帽子，不一样长大成人啦？我的头出了问题吗？"

"那——"男人又问,"谁叫你在脚上穿袜子的?"

"除了我父母,"女人脱口而答,"还能有谁?"

"不跟你争辩了!"男人最后说,"这可是在美国,你们中国人不是讲'入乡随俗'吗?所以,我们的孩子不可穿袜子,只能——戴——帽——子!"

"我坚决反对!"女人不依不饶,"孩子有中国血统,儿子跟母亲的血缘更近,主要继承母亲的遗传因子。况且,美国社会本身是很包容的社会,难道就不能包容中国人的习俗?所以,我们的孩子不可戴帽子,只能——穿——袜——子!"

……

穿袜戴帽之争愈演愈烈,男人和女人互不相让,直至矛盾无法调解,导致感情破裂。不久,他们只得离婚。

可即便如此,他们还是没有想通,不就是彼此的习惯和思维不同吗?

(原载于《安徽文学》2018年第11期,转载于《小说选刊》2019年第1期,入选《2018年中国微型小说精选》)

柳暗花明

新孝顺时代

独生子小齐是摄影名家，也是个大孝子。小齐常为母亲摄影，对母亲也一直体贴入微、百依百顺。

可现在，小齐却不再给母亲摄影。不摄影也罢，还故意辞退了家里的保姆。其实，保姆特别尽心尽力、做事也非常令人满意。小齐不管，辞了保姆就把孀居的母亲接来，让母亲替代保姆照料孙子，照看宠物狗——贵宾犬灵通。小齐还让母亲给他们一家人做饭、洗衣，每天打扫家里卫生。做饭、洗衣、打扫卫生原为妻子的"功课"，妻子本来做得好好的，小齐却说服妻子，要她停下来休整。

孙子还小，正是咿呀学语的年龄。儿媳上班后，孙子就成了母亲小心看护的宝贝，一般都要捧在手心，寸步不离。照看灵通的事儿也多，每天要给它准备水和食物，每周要给它洗澡，每晚要带它遛街，遛街后要为它洗脸、洗脚、洗屁股。当然，帮灵通洗澡、带它遛街是只有儿媳在家时才能做的；做饭、洗衣、打扫卫生也只有儿媳能看护孙子时方可为之。

总之，每天从清晨六点起床后到半夜十一点睡觉前，这段时间，母亲都得像台高速运转的机器，脚不住、手不停地忙，忙得腰酸背痛、气喘吁吁。

父亲走得早，母亲年轻时受过太多累、吃过不少苦，本想老了可以轻松松、享享清福。如果不是为了儿子，如果不是儿子召唤，什么人想安排她做事她都不会动弹。她偶尔也会在心里生生气，儿子、儿媳年纪轻轻的就悠然自得地当看客，把她这个老太太当奴隶支使竟心安理得。但儿子硬要这样，她也无奈，只好听之任之、任劳任怨。

这样忙碌和劳累的日子好像苦熬了一个多世纪。

有天，儿子小齐终于开心地举起相机，示意母亲摆好姿势，咔嚓咔嚓地为她照了一组生活照。照完后还神秘兮兮地不让她看，存心把她的胃口吊得很高。

小齐悄悄地把母亲的照片发给一家有影响力的婚姻家庭类杂志社。很快，母亲的照片就登上了那家杂志的封面。杂志社还来信说，请母亲做其形象大使，要儿子定期拍摄母亲的照片，发过去，供他们选登。

"妈，您的美人照都上了这家大刊的封面了，您快来瞧瞧，瞧瞧，感觉怎么样？"收到样刊后，小齐兴高采烈地把杂志举到母亲面前。

母亲一看，脸上立马有片红霞飞过："儿子，你在捣什么鬼，把你妈这个丑老太婆照得这样美？"

"妈，不是我捣了什么鬼，而是您——"儿子得意扬扬地夸赞，"真的又变美了！"

"你呀你！"母亲点了一下小齐的鼻尖，笑笑。

第二天，小齐便把保姆请回家中，不让母亲做家务了。

"都说姑娘的心天上的云，一天十八变。儿子，你个大男人，怎么也没个定数，主意翻来覆去的？"母亲不解地问。

"是这样的。"儿子满面春风道，"妈，您爱美是不？前段时间，您忽然发胖了，胖得像只笨鹅，我知道您心里不高兴，我也着急。那段时间，您不让我拍您，我当然与您心有灵犀。为了让您尽快减肥，尽快苗条俊俏，我想啊想，吃药和保健品不行，可能有副作用，伤身体也靠不住。还是用'苦肉计'吧，让您多做事、多操劳，以此消耗体内脂肪，还可锻炼身体、增强体质……"

"哦，原来是这样，还是我儿关心我！"母亲竖起了大拇指。

小齐笑着说："您可别偏心，这也是您儿媳的主意，是我俩共同商定的，您不夸夸她？"

"儿媳好，儿媳好啊！"母亲乐得不行。

这时，儿媳憋不住接过话茬儿："妈，咱们的目标已经实现，从此，您不用再劳累了，就在我们家享清福吧！所有杂七杂八的事儿全交给保姆，保姆做不了的，还有我和您儿子哩！"

"那怎么行？"母亲嘟哝道，"我这一清闲下来，体内脂肪消耗不掉，身体还不一样发胖？你们难道不希望妈的形象就这样美下去？"母亲眨了眨眼。

"这……"小齐和儿媳都愣住了。

"你们的孝顺妈心领了。"母亲调侃道，"这保姆我也当顺了，还是让我继续当下去吧。一举两得，既可为你们节省开支，又可使我一直保持苗条身材，何乐而不为呢？"

（原载于《啄木鸟》2018年第8期，转载于《小说选刊》2019年第3期，入选《2018中国年度小小说》）

画家与商人

画家的画很抢手,而虾画是画家的代表作。

收藏画家的虾画肯定比炒房增值更快!商人断想。

于是,商人就找人通关系,专门登门求购画家的虾画。

画家拿出一幅新画的虾画让商人看,商人频频点头。其实商人并不懂画,毕竟隔行如隔山。

赞美一番之后,商人问画家:"这幅画卖多少钱?"画家告诉他十万元。

"少一点儿吧?七万卖不?"商人还价,画家摇头。

"再加一点儿,八万六。"商人试探,画家依然摇头。

"那就九万五,不能再加了!"商人狠狠心说。

画家面露不悦,略一思忖,说:"也行,那我给你另换一幅?和这幅几乎没有差别。"

商人不再吱声。

于是,画家收好手中的虾画,很快又找来一幅。

"看看怎样?"画家打量着商人,商人则打量着画。很快,商人点头。

"那——成交啦?"画家问。

"成交!"商人回答。

柳暗花明

他们一手交钱,一手交画。做完生意,画家起身送客。

回家的路上,商人一想到这幅画会成为他的摇钱树,让他赚快钱大钱,赚得盆满钵满,心里就美滋滋的。

屁颠儿屁颠儿地回到家里,正好来了位懂画的朋友。商人便请朋友鉴赏他刚买的虾画。

朋友先是满面春风,但瞅着瞅着脸便阴了。

"你这幅画少了样东西哩!"朋友惋惜地提醒他。

商人一愣:"不会吧?少了什么?"

"脚!"朋友拉过他指点道,"这幅画上的虾怎么没有脚呢?"

商人赶紧凑上去细辨。

"是没有脚吧?"朋友又问。

商人定睛再看,大怒道:"是没有!这个老狐狸,他可耍了我啊!"

商人立马卷起刚买的虾画,气呼呼地去找画家。

"请问,这幅画上的虾怎么没有脚?"商人强压住心中的火气责问。

画家淡然一笑道:"物有所值,你出的价低了一点儿,虾身上的东西自然要少一点儿!"

"哦,是这样?"商人不悦,"我要买完整的虾画,那幅没有少脚的呢?"

"当然可以啊!"画家瞥了他一眼。

商人咬咬牙掏出五千元,又把没有脚的虾画还给画家。

"还是买先前那幅吧,分文不少,十万元!我给你加五千元……"商人看了看画家。

画家笑盈盈地接过商人手中没有脚的虾画,却不肯接商人递给他的五千元钱。

"怎么啦?"商人一头雾水。

"现在十万元已买不到先前那幅画了!"画家盯着商人说。

"为什么?"商人眉头紧锁。

"因为啊,"画家慢条斯理地解释,"时间不同了,那幅画也增值啦!"

"你究竟要卖多少钱?"商人追问。

"十万五千元,少一分都不行。"画家斜眼看着商人。

商人的脸唰地红了,画家却依然面不改色。商人犹豫再三,还是无可奈何地加价买下了先前的那幅虾画。

望着商人渐行渐远的背影,画家好不得意,开心而狡黠地笑了。

——这是很多年前的事了,一位唯利是图的商人,一位维护自己尊严的画家,两个人上演了很有意思的一幕。只是画家和商人都没有想到,若干年后,画家的虾画价格翻了数番,那幅没有脚的虾画,拍出了上千万元的高价!

(原载于《延安文学》2019年第2期,转载于《小说选刊》2020年第1期,入选《2019年中国微型小说排行榜》、美国亚特兰大孔子学院2019年春季版《阅读》教材)

柳暗花明

追逃

就在警方身心疲惫、一筹莫展之际,陈东从天而降,忽然向他们投案自首,并对其犯罪事实供认不讳!警方惊讶不已,一时不敢相信这是真的。

陈东是在一次聚众斗殴杀人后潜逃的。潜逃后,警方一直在绞尽脑汁全力寻找他的下落:每年节假日特别是春节,警方都会去陈东家蹲点守候;对陈东的亲属、朋友和其他关系人,警方一直耐心地做工作,经常上门询问相关信息;也四处张贴悬赏通告进行通缉。在警方看来,陈东可能的藏身之处,他们都认真仔细地排查过多次……可挖地三尺,找遍全国,使出浑身解数,也是徒劳无果。

一晃十六年过去了,这十六年里,母亲去世,陈东没有回家;父亲走了,陈东没有现身;家中大小事情,陈东都不问不顾……俨然从人间蒸发了一般,没有任何蛛丝马迹。

而现在,十六年之后,2020年这个春天,陈东竟主动投案自首了!这么长的时间,他都去了哪儿?

据陈东交代,杀人脱逃后,他通过改名换姓、漂白身份,浪迹大半个中国。在广东的电子仪器厂、四川的家政服务公司、河南的建筑工地等多处打过工,也在甘肃的穷乡僻壤、新疆的"生命禁区"等人烟稀少的地方藏匿过。

陈东是洞庭湖里的麻雀——吓大了胆，不仅不惊慌，还扬扬自得。天有不测风云。陈东怎么也没想到，春节前夕，新型冠状病毒肺炎开始侵害国人，很快武汉封城，接着全国多个省份启动重大突发公共卫生事件一级响应，防疫抗疫形势日趋紧张。

也是人算不如天算。就在全国进入"一级响应"后不到一周，犯罪嫌疑人陈东投案自首，对其故意杀人的犯罪事实供认不讳！

这里一定深藏着某种玄机，警方更想解开个中谜团。

"说吧，你为什么选择这个时候向我们投案自首？你不是狡兔三窟，隐藏得很深很巧吗？"民警讯问陈东。

陈东狡黠地一笑："这样躲猫猫都十六年了，我早已习惯，可你们一定累坏了吧？"

"直接回答问题！"民警正色道。

"好吧，"陈东很快梳理了一下思绪，"很明显，武汉是不能去了。那里成了重疫区，病毒感染人数最多、传染速度最快、医院床位最紧。如果感染，身体抗病力又差，容易死人的。新冠肺炎不好惹呀，武汉太凶险！湖北也不安全。"

"你还有些头脑。"警方盯着陈东，点头道。

"那么逃到其他地方，比如湖南、广西、山东等地藏匿吧，我试过，压根儿不行！这些地方都在挨家挨户、昼夜不息、逐人登记比对，小区物管一走，社区干部又来；社区干部刚转身，街道督查又到；街道督查离开了，公安民警又上门……一批一批，接踵而至，不断地询问，连续地清点，哪家还敢违法藏匿我这个陌生人？哪家又有招儿能把我藏得住？"陈东叹气。

民警面露不易觉察的欣喜："继续说。"

陈东扫视一眼民警，又道："我也试图以打工为掩护，同时挣点儿钱糊口。可大街小巷冷冷清清、四面八方关门闭户，没有一家企业开工、没有一个店铺营业,我无处可投,又身无分文,总不能眼睁睁地饿死吧?"

"看来你是觉得还是保命要紧,"民警瞟一眼陈东,"好死不如赖活着。"

"躲到荒郊野岭去吧,"陈东几乎哭丧着脸,"南方阴风怒号,北方天寒地冻,不死也得脱层皮!再者,万一染病,特别是被蝙蝠等野生动物叮咬,传染了新冠肺炎,前不着村后不着店的,不能及时得到医治,咋办?"

"怕死吧?"

"当然!我现在投案自首了,还能争取宽大处理,或许小命能保。就是坐牢吧,也能混口饭吃。"

"逃亡至今,你总算想清楚了。还有吗?"警方提示陈东。

陈东摇摇头,若有所思地说道:"我都投案自首了,你们就给我好好检查一下吧,看我是不是感染了新冠肺炎?"

民警笑道:"不是给你量过体温吗?"

"可我听说,有些人潜伏期体温也不升高。"陈东辩解道,"之前一直亡命天涯,东躲西藏,天知道我有没有接触过武汉人或湖北人?"

民警们笑了,是那种尘埃落定之后的舒坦。

陈东也跟着笑了,是那种获得解脱之后的安然。

(原载于《小说月刊》2020年第4期,转载于《小说选刊》2020年第5期)

柳暗花明

湖北新冠肺炎疫情严峻，铁柔也加入了驰援武汉的医疗队。

医疗队出征时，铁柔的老父亲铁谷黄还神志不清，正在她所在医院的神经内科二病区住院治疗。

铁谷黄年近古稀，是患脑梗第二次住院，因病情严重，还要做介入手术。

没人想到铁柔交代好老母亲，又花钱请了个护工之后，从大年初一开始，她就三番五次向院党委递交请战书，主动要求驰援湖北。

院党委并不知晓铁柔的父亲已病重住院，又架不住铁柔一再地请战，便同意她加入驰援医疗队出征。

世界上没有不透风的墙。铁柔出征的故事很快在医院里传开了。被铁柔的事迹深深感动，医院辞退了铁柔请好的护工，从院领导到医护人员都纷纷主动加入义务照料铁柔父亲的行列。

呼吸内科一病区护士唐小曼更是把铁谷黄视为自己的亲生父亲，一有空儿就直奔病房，给老人喂食、端茶递水，帮老人翻身、擦身换被，为老人洗衣、端屎倒尿……不仅自己悉心照料，还动员老公黄灿灿也挤时间来陪护铁谷黄。夫妻俩满腔热情、尽心竭力，把老人照顾得妥妥帖帖、无微不至。很快，唐小曼又请示院党委，并说服同事们，让他们小两口全盘接过照料铁谷黄的任务。

当老人清醒之时，问起女儿铁柔，为了不让老人担心，老伴儿和唐小曼告诉他，说铁柔临时受命，去外地进修深造了。唐小曼还事先与老公和医护人员约定，众口一词，让老人安心治疗、尽快康复。

春来疫去，转眼就是夏天。出色完成战"疫"任务的驰援医疗队载誉凯旋，铁柔也满脸喜悦、平安归来。

看到父亲已康复出院，得知住院期间，除了母亲外，主要是唐小曼和黄灿灿夫妇始终忙里忙外，精心守护父亲，和父亲相处得亲如一家人，铁柔先是蒙了，继而感动得落泪。

父亲有难，任何人出手相助都能理解。可唐小曼之举却像自己此次出征，绝对是逆行啊！说白了，铁柔真不敢相信。

想当初，铁柔和唐小曼同在胸外科二病区当护士，那时她们互帮互助、无话不谈，就像一对亲姐妹。

后来，铁柔和黄灿灿相恋，可没过多久，黄灿灿就与铁柔分手，投入唐小曼的怀抱。唐小曼和黄灿灿如胶似漆，转眼就走进婚姻的殿堂，成了情深意笃的夫妻。

铁柔总是想，她和唐小曼关系这么好，唐小曼真不该勾引她的男朋友，不该夺她所爱。

而唐小曼却认为，强扭的瓜不甜，捆绑不成夫妻。黄灿灿既然不爱铁柔了，铁柔单相思还有什么意义？

当然，唐小曼也恨铁柔。胸外科二病区护士长空缺之后，唐小曼是护士长的极佳人选，二病区医护人员呼声高，她自己也向院党委汇报争取过，还把想法如实地告诉了铁柔。哪料到铁柔表面上鱼不动水不跳的，最后却当了护士长。

铁柔则觉得，护士长由谁担任，一要看二病区医护人员真心向谁，二要看院党委更器重谁。她这个护士长又不是自己要来的！

二人的心里一有隔阂，关系就变得越发微妙。之后，唐小曼向院里申请调到呼吸内科一病区工作，她们从此井水不犯河水，即使偶尔相遇，也形同陌路。

而现在，铁柔太想解开个中之谜，于是主动约请唐小曼，傍晚结伴去柳叶湖边散心。

"非常感谢你不计前嫌，在我爸病重住院期间，你关照他比对自己的父母还好！"两人并肩漫步于金柳拂岸的柳叶湖边，铁柔十分感激地说，"可是小曼，我真没想到你会出手相助。能告诉我为什么吗？"

唐小曼微微一笑："老实说，有段时间，我误以为你是个自私自利之人。就说这护士长一职吧，我一直认定是你在院领导那儿给我使了绊子，从我手里抢过去的。没想到这次武汉的疫情如此严峻，驰援武汉那么苦那么累那么危险，你都义无反顾、多次请战，我感觉你是心中有善、胸怀大爱之人，对你的敬意油然而生。我又悄悄去了解了情况，院领导告诉我，你根本就没争护士长一职，不仅没争，而且以适当的方式力荐过我。所以……"

"原来是这样，"铁柔也浅浅一笑，"我曾以为，是你在黄灿灿面前说我的坏话，戳我的脊梁骨，才把黄灿灿从我手中抢走的。后经多方打听，知道是黄灿灿真的爱上你了，才不顾一切地追求你。爱是双方的你情我愿，你又何错之有？我也正想找机会和你沟通沟通，可这该死的疫情忽然就暴发了……"

"柳暗花明，现在好了！"唐小曼感叹。

她们几乎同时转身，相互对视，眼里都柔情似水，一如清澈的柳叶湖，湖光耀金，湖面上漾起粼粼的潋滟。

（原载于《啄木鸟》2020年第5期，转载于《小说选刊》2020年第8期，入选《中国当代文学选本》第3辑）

儿女

老太太七十七岁生日一过，老头儿就溘然长逝了。

他俩年轻时相濡以沫，年老后相互搀扶，老头儿生前的时光都沐浴在暖暖的春日里，小日子过得宁静而温馨。

如今老头儿不在了，老太太朝思暮想，心中时常涌起如潮的怀念和悲伤。

可祸不单行，未出半年，老太太又患上严重的帕金森综合征，生活一下不能自理了。

幸好有小儿子寸步不离地跟着她。小儿子任劳任怨、耐心细致，把老人照料得妥妥帖帖。

一日三餐，小儿子总是精心安排，既充分考虑营养调剂，又尽量做到色香味俱全，努力让老人吃得爽快更有益于健康。

家中卫生，那是每天小清洗、每周大扫除，始终保持窗明几净、清新典雅的居住环境。

帮老人穿衣、背老人下床、抱老人上桌、给老人喂饭菜、扶老人如厕、助老人服药、为老人洗头洗澡剪指甲、替老人按摩捶背、安抚老人睡觉……从晨曦初露到夜阑人静，每天小儿子都像不知疲倦的机器，一刻不停地匀速运转。

小儿子还定时拧开音响，放放老人喜欢吟唱的《莫斯科郊外的晚上》；或者抱起琵琶，亲手弹弹老人爱听的《梁祝》。如果有时间，他也端坐在沙发上，陪老人看电视，老人要看哪个频道，他就调到哪个频道，不厌其烦，直至老人眉开眼笑。

天气晴好的日子，吃过早饭，小儿子就把老人背到户外，小心地放到轮椅车上，然后推着轮椅车在小区院落里转悠，让老人一边沐浴清新的阳光，一边欣赏明丽的风景。

总之，只要是对老人好或者有益的事儿，小儿子做起来肯定无微不至、乐此不疲。

有时，老人恨自己吃喝拉撒甚至大小便清理都要劳累小儿子，觉得自己简直就是个废物，心烦意乱或心疼小儿子了，也猛然撞墙，想一命呜呼，却总被眼明手快的小儿子及时制止。小儿子还和和气气地安慰老人，极力劝导老人开开心心地过好每一天。

"没心没肺，你不是人！"

"装腔作势，我不要你的虚情假意！"

"我一刻也不想看到你，你给我滚出去，滚得越远越好！"

……

当老人故意刁难、挖苦小儿子，对他怒目而视、尖酸刻薄地吼叫、咬牙切齿地辱骂时，小儿子依然视而不见、听而不闻，依然对老人满面春风、关怀备至。老人黔驴技穷，无可奈何。

世上哪有丁点儿脾气都没有、长年累月对老人悉心呵护且从不懈怠的儿女啊！可自己的小儿子偏偏就是这样的超人！老人一方面觉得自己前世修得好，今生得了福报；另一方面也感到自己亏欠小儿子太多，实在对不起小儿子。老人的眼眶里经常有泪光闪烁。

其实，为老人尽孝，大儿子也责无旁贷，可大儿子有大儿子的难处呀。

大儿子在美国的芝加哥当教授，教中文。他事业第一，一心扑在教研上；而且是大诗人，酷爱诗歌创作，每天都要挤时间码码字。中美两国万里迢迢、远隔大洋，回趟国着实不易，还要花上价格不菲的机票……

听说大儿子的感情生活也多有不顺：娶过五个老婆，先是美国的，继而韩国的，接着日本的，然后南非的，最后是法国的，娶了离，离了娶，只有美国的老婆为他生了个儿子……

偶尔，大儿子能给她寄点儿美元，虽不多，但老人觉得已不错了。老人知道，大儿子已加入美国国籍，美国人可不兴孝顺这一套。大儿子还有颗中国心，还没有忘本变质，你能要他怎样？

老人想起二十多年前，大儿子以他们那儿文科全市第一、全省第二的分数考上北京大学中文系时，多么光宗耀祖啊！当然，如今的大儿子已成闻名遐迩的大诗人、超级大国的大学教授，更是为他们家族的脸面贴足了金！

只是，如果……如果大儿子也在身边，小儿子就不会孤立无援、独自操劳了！老人也想。

十年后，老人驾鹤西去。

临终前，大儿子来电说，法国的妻子正好生了孩子，他要照顾妻儿，脱不开身，就不回国为老人吊丧了。

依然只有小儿子不离不弃地守护在老人身旁，陪伴老人度过她人生最后的时光。

"谢谢你，亲爱的儿子！"老人要走时十分吃力地说，然后眼角就沁出一滴清泪。

小儿子霎时感动了、颤抖了。小儿子知道，老人的这一滴清泪，既凝结了她对大儿子的眷眷之情，也蕴含着她对自己的深深感激。尽管小儿子一直认为，他照料老人很正常、理所当然。

老人走后，小儿子依依不舍、闷闷不乐，极度悲伤之下，也不想活了。

办完老人的丧事，小儿子就毅然决然地选择了自杀。小儿子自杀的方式不是服毒，不是割脉，不是跳楼，也不是撞墙，而是倒地摔碎自己，并自毁电脑内的自动程序、卸下身上充电和驱动用的高能电池。

小儿子不是自然人，他是机器人！

亲爱的读者，请原谅我，前面忘了说明：老人还有个女儿，成家立业后定居北京，在一家外企做高管。收入很高，善心也好，但人太忙，忙得一塌糊涂。用她自己的话说，就是根本没时间照看老人。所以，机器人实际上是女儿花钱买来，请他照料老人并代她向老人尽孝的。

（原载于《芒种》2016年第7期，转载于《小说选刊》2018年第6期，入选《当代中国经典小小说》）